目次

第一話　青葉の頃　ハーブポークの休息　7
第二話　お盆の頃　こんがりチーズの焼きおにぎり　71
第三話　もみじの頃　見えないケーキ　133
第四話　水ぬるむ頃まで　ホワイトソースと厄介な頼み　199
あとがき　297

お山の上のレストラン2

青葉の頃　ハーブポークの休息

第一話　青葉の頃　ハーブポークの休息

表に出しているA型メニュー看板にキセキレイが留《と》まっていた。

薫風《くんぷう》が木々を揺らすと、その黄色い小鳥はキキンッと冴《さ》えた声でひと声鳴き、光が弾《はじ》けるように飛び立った。

欧風の建物に沿って舞い上がり、三角屋根を越えていく。

☆季節のおすすめ☆
八戸《はちのへ》港イカと葵岳《あおいだけ》の姫竹《ひめたけ》の春パスタ
ポークステーキ　ジェノベーゼソース（上品な香りでやわらかい奥入瀬《おいらせ》ハーブポークを、
　我らが麗しの店長がジューシーに焼き上げました）
こぐまのストロベリーティラミス　果汁あふれる八戸産極甘《ごくあま》いちご使用　（こぐまが心を
　込めて潰《つぶ》しました）

書き手に似るのか、ハネトメハライすら丸っこく、ここで食事をしたら胃袋も心も満たされるはず、と確信を持たせてくれそうな福々《ふくぶく》しい字が看板《かんばん》を埋めている。美玖《みく》作である。

彼女が勤めてしばらくは登磨《とうま》が書いていたのだが、躍動感《やくどうかん》がありすぎて読めないという、登磨自身にしてみればなんとも不可解なお客さんからのご指摘《してき》により、今は彼女に任せていた。

青森《あおもり》県南にある人口一万人弱の農業が盛んな町。

そこに座す標高約五百メートルの葵岳。

春先よりだいぶこなれてきた鶯《うぐいす》の鳴き声が、まろやかで深みのある山鳩《やまばと》のそれと共鳴し合っていた。透《す》き通《とお》った緑色の木漏《こも》れ日《び》に暖められた大地から、力強い香りが立ち上《のぼ》る。

山が活動を加速させていく、緑滴《したた》る五月。

葵岳登山口にあるレストラン『コッヘル　デル　モタキッラ』、通称『葵《あおい》レストラン』は、土曜日の本日も昼食の客で賑《にぎ》わっていた。

四卓のテーブルは全て埋まり、カウンターの五席にもお客さんがふたり。ほかに、テイクアウトのお客さんが出入りする。

オープンキッチンで、能天気に鼻歌を歌いながらパスタのフライパンを振っているのは、店長でシェフを務める明智《あけち》登磨だ。鼻歌と面持《おもも》ちはのほほんとしているが、手際はよく、隙がない。

子どもの頃からの料理好きが高じて、修業時代は様々なジャンルのレストランに世話になったが、今は地元の食材を使った洋食を店の柱にしている。

お客さんたちからは「（字は壊滅的《かいめつ》だが）控《ひか》え目《め》にいって容姿と料理が天才」だとか、「（料理にしか興味なくもはや変態《へんたい》なのではないか、しかし）奇跡の童顔《どうがん》」「（飄々《ひょうひょう》とした仙人《せんにん》風だが）造作は神が作った最高傑作《けっさく》にして絶滅危惧種《きぐしゅ》」などといわれているが、登磨にしてみればどうでもいい。それより、お客さんには、料理を味わってもらうほうがよほど嬉《うれ》しい。

盛りつけた春パスタを美玖がテーブル席に運ぶ。美玖が行くとその卓はパッと賑わう。手が空いていれば、テーブルのお客さんと談笑する彼女は、葵レストランに勤めて三年目の二十代前半。背が小さくてコロッとしているためか、常連客には「こぐまちゃん」と呼ばれている。もちろん親しみを込めて。

初めの頃はミスが多かったが、今は大分減り、主にフロアとデザートを担当するようになった。

今日は、テニス部の活動があって来ていないが、登磨の甥《おい》で中学三年の瑛太《えいた》も時々手伝ってくれる。彼もまた「息を飲むほどの美しさ」や「完璧《かんぺき》すぎてゾッとする」などと容姿に言及されるが、この甥も、それらに関しては無反応だ。たいてい、メガネの奥から冷めきった目で周りを眺《なが》めているのである。

葵レストランのメンバーはこの三人。

ホタルイカのマリネに取りかかった時、ドアが開いた。

口の周りから顎《あご》にかけて白ひげをたくわえ、ひょろりとした体つきの老人が、やあ、と柔和《にゅうわ》な顔を覗《のぞ》かせる。

「いらっしゃいませ、佐々木《ささき》さん」

長靴《ながぐつ》の音をさせて入ってきた常連の佐々木のじいさんが、カウンターの入り口寄りの席に腰かけた。顎の下で結《むす》んだ紐《ひも》を解《ほど》いて麦わら帽子《ぼうし》を外し、イスの背もたれに引っかける。

すかさず美玖が、レモン入りのお冷《ひや》と海苔《のり》巻《ま》き状のおしぼりを差し出した。

「今日も家庭菜園ですか？」

「そうなんだよ。草ってのは強いもんだ。むしってもむしってもめげずに生えてくるんだ。おかげでじいさんにはいい運動になるよ」

首に引っかけたタオルで顔を拭《ぬぐ》う。桃《もも》色に染まる頬《ほお》がしっとりしている。

「だから佐々木さんはお若いんですね」

「美玖ちゃんがいうと、お世辞に聞こえないなあ。さてと、何か冷たくて甘味のあるものが欲しいな」

登磨は少し検討して、「アフォガートにしますか」と提案した。

「なんだいそりゃ」

「バニラアイスにエスプレッソをかけたものです。アイスにはマスカルポーネを混ぜているのでティラミス風になりますよ」

「いいね、それにしよう」

登磨がエスプレッソを淹《い》れる。それを美玖がアイスクリームにかけながら、佐々木のじいさんをチラッと見て、オレンジを少しだけ絞《しぼ》った。

　熱々の珈琲《コーヒー》に、じわりと溶けていくアイス。そこに甘酸《あまず》っぱい爽《さわ》やかな柑橘《かんきつ》の香りが加わる。

　佐々木のじいさんはスプーンですくって口に含むと、「甘苦いのとさっぱりしてるのとで、こらあ旨《うま》いなあ。味が変わっていくから楽しみが続くよ」と目尻《めじり》にしわを集めた。

　大きな排気音が聞こえてきた。窓に目を向けると、町の循環《じゅんかん》バスが駐車場に入ってきて、登山口で停まるのが見えた。登山の恰好《かっこう》をしたひとや、制服姿の学生さん数人が乗降《じょうこう》する。

　今年の春からバスがこっちまで上ってきてくれることになり、クルマを持たないひとや観光客、学生のお客さんも増えていた。

　ドアベルが鳴る。いらっしゃいませーと迎えた美玖が「あっ！　久しぶりー」とひと際華《はな》やかな声を発した。

　見やった登磨も眉《まゆ》を上げる。

「おお～、早苗《さなえ》ちゃん。ようこそ」

　瑛太と同級生で、最近、といっても冬頃までだが、しょっちゅう来店してくれていた藤島《ふじしま》早苗だ。肩に届くくらいのストレートヘア。小麦色の肌をして、全身が鹿《しか》のようにシュッと引き締まっている。

　ここに来るのは、瑛太に用がある時だけだったから、登磨はおや、と思った。

　かつて不登校だった瑛太と学校の橋渡しをしてくれ、さらに、テニス部のエースである彼女は、途中入部でど素人《しろうと》の瑛太の世話も買って出てくれている。情熱があり、しっかり者なのだ。

瑛太によると、彼女は数か月前まで、平日も休日も自主的に練習に励《はげ》んでいたという。確かな肩と揺るぎない体幹《たいかん》がそれを物語っている。

体力づくりを目的に楽しんでいるらしい瑛太からすれば、そこまで熱心に取り組んでいる早苗が理解できないようで、あいつガチなんだもん、と呆《あき》れ交じりにいっていた。

「こんにちは。ご無沙汰《ぶさた》しておりました」

中学三年生は、おとなびた挨拶《あいさつ》で頭を下げる。

彼女と一緒に来たのは、おっとりとした雰囲気《ふんいき》の垂《た》れ目《め》にメガネをかけた同じ年頃の女の子。何回か家族で来店していて、伽耶之《かやの》と呼ばれていた。

「どうぞどうぞ、こっち座って！」

美玖が空いているカウンター席へ案内する。

ふたりは席に着くと、メニューを開いて顔を寄せて相談し合い、ポークステーキのセットを頼んだ。

鼻歌を再開した登磨は、奥入瀬ハーブポークを焼く。

上質なヒレ肉の澄《す》んだ脂《あぶら》が勢いよく弾ける。

音と香りが混然一体となってオープンキッチンからフロアへと流れていくと、お客さんは一瞬《いっしゅん》会話を止めて鼻を利かせる。佐々木のじいさん始め、お客さんから直《じか》に「登磨くーん、こっちにもそれと同じのちょうだい」との追加注文が入る。はいよー、と答え、肉をひっくり返す。

こんがりと焼き目がついている。だが中はまだレアのはずだ。今が一番いいタイミング。火を止めて、アルミホイルで肉を包んで休ませる。

次にジェノベーゼソースを作って味を見る。バジルの爽やかさと、スパイシーなにんにくの香りのバランスがいい。煎《い》って砕《くだ》いたナッツの香ばしさと食感が引き立っている。完璧。

「美玖ちゃん、これどうかな」

振り向くと、美玖は踏《ふ》み台《だい》に上がってさらに背伸《せの》びをし、棚《たな》の奥に手を伸ばしているところだった。つま先は震《ふる》え、摩耗《まもう》した靴の裏が見える。もはや棚にぶら下がっているようにすら見えてくる。

登磨はその背に声をかけた。

「何取りたい？」

棚の奥に精一杯手を伸ばしている美玖が「くぅ」と唸《うな》る。

「リキュールのっ、スットックです」

彼女が向き合っていた調理台には、泡立《あわだ》て器《き》を挿《さ》したままの薄桃色のクリームが置かれている。

美玖は、泡立てる、練《ね》る、潰す、砕く、絞るといった作業が得意である。得意なものはどんどんやってもらいたいし、やらせるとどんどん上手《うま》くなる。

登磨は背丈が百八十を超えるので、高いところや棚の奥には黙っていても手が届く。

美玖の右肩と棚の隙間に手を入れてサクランボのリキュールの瓶《びん》を取って、ふたを開けて渡した。彼女なら小指の先でも楽に開封できようが、そうするのが癖《くせ》になっている。

ありがとうございますっ、とキレのいい体育会系の挨拶をする美玖。学生時代に柔道《じゅうどう》部だった習性が未《いま》だに生きていた。人生の伸び盛りに身につけたものは抜けないらしい。

改めて味を見てもらうべく、スプーンにすくったソースを差し出す。頼まれない限り彼女は、味見に出しゃばることはない。

味見をした美玖は「おいしっ」と指でＯＫマークを作り、カウンターの早苗と伽耶之へ視線を向けた。

ふたりはプリントを挟《はさ》んで、「瑛太君には頑張《がんば》ってほしい」「どこまで勝ち進めるかな」などと話している。

「早苗ちゃん、元気がないように見えます。今日は急に気温が上がって蒸《む》し暑いこともありますし、もう少し爽やかにするのもありかもしれません」

美玖の案に、登磨は改めて早苗を見た。

高いトーンの声で伽耶之に熱心に話しかけているが、無理に明るくふるまっているように見えなくもない。時折、プリントから視線を外すそれは、くたびれた目、のように見える。

伽耶之も早苗をいたわるように、そっと返事を返している、と思う。

早苗の前にある、お冷として出しているレモン入りの水は、来店した直後にちょっと口をつけられただけで、ほぼ減っていない。氷は溶け消え、グラスを覆《おお》っていた水滴もあらかた蒸発《じょうはつ》していた。

ソースにレモンを加え、ふたりでもう一度味見をする。

鼻に抜けるレモンの香り。ほのかな青苦味が全体を引き締める。

美玖が指で丸を作った。

「ちょうどいい爽やかさと軽やかさです。素晴らしいです」

彼女の賛同は、元々ある登磨の自信をさらに強固にしてくれる。

お客さんに応じて味の工夫ができるのは、小さなレストランの強みでもあるし、面白さだ。

雇《やと》われシェフをしていた時には、レシピ通りに作るのが鉄則だった。厨房《ちゅうぼう》とフロアは完全に遮断《しゃだん》され、お客さんの顔を見ながら作ることもなかったし、下げられた皿を洗う係は別にいたので、平らげてもらえたのか、残されてしまったのかが全く不明なのだ。投げた球は投げっぱなしで、手ごたえもなかった。

だからここ、『コッヘル　デル　モタキッラ』では、お客さんの反応がライブで見られるようにした。

休ませていたステーキのホイルを開けば想定通り、肉汁はほとんど出ていない。強火でさっと焼き直して、表面をパリッとさせる。

まな板に移して包丁《ほうちょう》を当てると、吸い込まれるように刃が入っていき、バターのようにスゥ、スゥ、と切れる。

湯気《ゆげ》が上がる断面は肉汁で瑞々《みずみず》しく潤《うるお》い、押せば染《し》み出すが、圧力をかけなければ辛うじて肉内にじっとりと留まっている。自分でいうのもなんだが、というか自分だからなのか、非の打ち所がない。

鮮やかな緑色のジェノベーゼソースをかけると、あっという間に皿は、清々《すがすが》しい草原の雰囲気を醸《かも》し出した。

美玖が、『あけちふぁ〜む』の朝採り野菜のサラダを添え、やわらかな春キャベツのスープと、こんがり焼いたバゲットが入った籐《とう》のバスケットとともにテーブルへ運ぶ。

「わあ」

ふたりはステーキに身を乗り出した。

登磨が、氷入りのレモン水で満たしたグラスをカウンター越しに美玖に差し伸べると、彼女はそれを、早苗のぬるまった水と交換する。

ふたりがフォークを取った。伽耶之が前屈みになって口に運ぶのに対して、早苗は姿勢を崩《くず》すことはない。

「おいしい」

ふたりが顔を見合わせて頷《うなず》く。

「あっさりしてて、ちょうどいいね」

「食べやすい」

美玖が葵レストランの仲間になってから、よりお客さんに合った味を提供できるようになった。酸味《さんみ》を加えたり、甘味を加えたりといったほんのちょっとの違い。その少しの差で、お客さんは確かに満足する。

登磨とすれば、そうかこの味がこのお客さんには合うのかと学び、美玖を尊敬する。一方で、やられた、とかすかな悔しさもある。

彼女を雇うきっかけとなったのは、登磨の亡き祖母のおにぎり。美玖はそれをかつて食べたことがあるといって、オリーブオイルと塩《しお》だけのおにぎりの味を深く詳細にいい当てたのだ。ただただびっくりしたし、興味もそそられた。

続いて佐々木のじいさんが注文したステーキを焼く。美玖から学んだことを踏まえ、今度は彼女に確認する前にソースを作る。熱々の細かな脂が浮く肉汁と混じったソースは、当然口の中で味わいが変わる。その味を想定して辛目《からめ》にした。

果たして佐々木のじいさんは、たっぷりのソースをつけて頰張ると、顔を明るくした。

「うんまい。ソースが肉の旨味に合うね。ぐっと深みが増すよ。いやさすが登磨君だ。こういうシンプルな料理って難しいんだろ。やっちゃんがいってたけど、登磨君は元々そういう感覚とか加減が優れてたんだってね」

佐々木のじいさんは、弥生《やよい》という名前の登磨の祖母を、やっちゃんと呼ぶ。

祖母は自分の名前から取った『やよい』という小さなカラオケスナックを経営していたが、じいさんはそこの常連でもあった。

「そんなこといってました？」

登磨には初耳だ。

「やっちゃんから聞いてなかったかぁ。まあ、やっちゃんならそう簡単には本人に伝えないか」

と回想をかみしめるように呟《つぶや》く老人。

「包丁持たせときゃご機嫌だって笑ってた。私がスナックに寄った時も、子どもの頃の君は、魚を下ろしてご満悦《まんえつ》だったっけね。才能ってそういうものなんだろうね」

将来心配だよって笑ってたよと佐々木のじいさんは目を細めて、ひげを愛《いと》おしそうになでた。

「え、店長の子ども時代のお話ですか。子ども店長時代！　まさに神童《しんどう》だったんですね。そのお話、もっと聞きたいです！」

いのしし並みの勢いで猛進してきた美玖に、慄《おのの》きながらもじいさんは説明する。

「登磨君が小学生あたりだったかなあ、やっちゃんがオムレツを作るのをね、踏み台に上がって、ジーッと覗き込んでてね、すぐに真似《まね》てやり始めるんだ。普通は、タオルか何かで練習させるだろ。でもこの子のおばあちゃんは違った。一発目から卵を使わせたんだよ」

へ～、と美玖が興味深そうに目を輝かせる。

懐《なつ》かしさに登磨の頬が緩《ゆる》む。

「こっちは成功させようって、気を張るんですよ。何しろ、失敗したら『食い物ば粗末《そまつ》にすんでねえ、バカタレが』って鉄拳《てっけん》食らいましたから」

鉄拳を食らった後で失敗したものを必ず食べさせられた。何がよくなかったのか、実践《じっせん》と舌で学ぶことができた。

「失敗したら、こっぴどく叱《しか》られるのに、この子は怯《ひる》まなかったんだ」

佐々木のじいさんが美玖に、我《わ》がことのようにアピールする。

「店長っぽいですね。叱られても屁《へ》の河童《かっぱ》っていうのが」

最初はフライパンが重たくて片手で振れず、卵を丸められなかったが、ばあちゃんがするのを観察していて、あれは持ち上げて振るのではなく、五徳《ごとく》に据《す》えたまま勢いよく手前に引けば、フライパンの縁《ふち》に寄ってきて自動的に丸まってくれるものだと知った。

「そのうちに、よそで食べた味も再現して、食べさせてくれたよね」

「ええ。でも、店で食べたものとはなんか違ったんですよ」

「そりゃあそうだ。そこまで忠実に再現されちゃ、そのお店だって上がったりだ」

佐々木のじいさんは水を飲み干す。置かれたグラスに、美玖がすかさずレモン水を注《そそ》ぐ。

「場所や周りの雰囲気とか、体調とかも影響《えいきょう》しますもんね」

美玖も口を揃《そろ》える。

佐々木のじいさんは再びステーキを口に運んで、うん、うん、と満足げに味わっているが、辛さを抑えたほうがよかったんだ、とグラスに半分の水を見て、登磨は解釈した。

美玖に味見してもらっていたら、もっと佐々木のじいさんの求めるものを食べさせられただろうか。

そういえば中学生の頃、美玖と似たような子に偶然出会ったことがある。もしかしたら、あの子も、食べるひとにぴったりの味が分かる子だったのかもしれないが、たった一度会っただけで、その後会うことはなかった。

美玖はその子と同じように、そしてばあちゃんと同じように、味をお客さんに添わせることができる。登磨からすれば驚くべき特技である。

「美玖ちゃんはどうやってお客さんに合った味を見抜くの？」

「うーん。あんまり考えたことないです。でも、強《し》いていえば野性の勘、ですかね。考えるな、感じろ、です」

後半は、秘密《ひみつ》結社の内情を漏《も》らすように重々しく告げたが、「隠し味は愛情」と同じレベルで難しい。

「オレも、美玖ちゃんみたいにならなきゃな」

登磨がいうと、佐々木のじいさんは驚いたように目を見張ったが、肝心《かんじん》の美玖は早苗に注意を移していた。

「今日は、お小遣いの日なのかな？」

美玖にそう問いかけられた中学生たちはキョトンとした。

伽耶之が美玖に、質問の意味を問うような顔を向ける。

「このランチ、ティラミス込みで千円でしょ。ほら、中学生さんのお小遣いだと大奮発《ふんぱつ》だなって」

子どもの頃から父親とふたり暮らしでやってきた美玖は、そういうところにも気が回る。

「今日は特別です。おいしいものを食べたら、早苗、元気になるだろうと思ってあたしが誘ったんです」

伽耶之が明かす。

「何かあったの？」

早苗がプリントへ目を向けた。

妙な間《ま》があった。美玖も早苗の視線を追って、プリントを見下ろす。

「このプリント、テニスのトーナメント表？　試合は六月、って、来月か。あ、瑛太君の名前がある。瑛太君の試合は午後からなんだね。店長、瑛太君の試合、見たことあります？」

「いや、ないなあ」

瑛太は去年の秋からテニス部に入った。試合にはまだ出たことはなかったはずだ。

「早苗ちゃんの試合は何時からかな？」

伽耶之が息を詰めた。早苗本人は、笑顔と苦悩が入り混じったちぐはぐな表情になる。

美玖は首を傾《かし》げた。

「そういえば早苗ちゃん、今日テニス部は？」

瑛太が部活をやっているのに、同じ部の彼女がここにいる。

早苗は、「元気づけるための」ステーキに目を落とし、眉を八の字にして覗き込んでいる伽耶之を一瞥《いちべつ》して、美玖を見上げた。

「あたしは選手になれなかったんですよ」

サラリと明かされ、美玖の目が丸くなる。

「あ、そうなの？　どう……」

して、と続く言葉を飲み込んだのが、カウンターを挟んで、分厚いヒレ肉に塩胡椒を振っている登磨にも知れた。どうしてもこうしても、選手になれなかったのは実力が及ばなかったからだと、柔道に励んできた美玖なら分かりきったことだ。

「しょうがないんです。あたし、応援に徹します」

「えらい！」

美玖は早苗の薄い背中を叩《たた》いた。早苗がむせる。美玖が謝《あやま》り、伽耶之が慌《あわ》ててさすった。

「そうなんです。早苗はえらいんです。あたし帰宅部だから選手に選ばれる選ばれないの気持ちはピンとこないですけど、でも頑張ってきたものの結果が出なかった時の気持ちは分かりますもん。しかも中学校生活最後の試合だったのに……」

しかし早苗は、えらくないよと呟いて、続けた。

「最後の試合だからこそ、強い選手が出なくちゃね……」

ここで登磨は口を挟む。

「ほら、冷めちゃうから早く食べな。あ、そうそう豚肉《ぶたにく》は縁起《えんぎ》がいいっていわれてるから、食べたら元気になるって」

「豚って縁起がいいんですか」

流れを読んだらしい伽耶之が食いついてくる。

「ああ、豚は前に進む動物だから前向きに行こうって意味があるし、貯金箱のモチーフにもなってたりするだろ？　富と繁栄《はんえい》の象徴でもあるってわけ」

登磨が説明しているかたわらで、早苗は無言でフォークを肉にずぶりと刺《さ》した。さっきまでピンと張っていた背中を丸めて、皿に覆いかぶさっているように見える。

さすがの美玖も、なんともいえない顔をしてその場から離れた。

しばらくして、ふたりとも食べ終わった。

「ごちそうさまでした。とてもおいしかったです。これって瑛太君も食べてるんですか？」

早苗に尋ねられて、登磨は頷く。

「うん。最近はよく食べてるね。ソースを気に入ってるみたいだ」

「爽やかでスパイシーですね」

早苗が、フードプロセッサーに残っている緑色のソースにじっと視線を当てた。

町内の防災無線からの音楽と一キロ離れた寺の鐘の音《ね》が、静かな町に同時に鳴り響き、賑やかに早朝六時を知らせる。

窓際のベッドに仰向けで寝ていた登磨は、ゆっくりと目を開けた。

カーテンを通して、まっさらな朝日が白い部屋に射《さ》し込んでいる。ちょうどウォールシェルフの木彫《きぼ》りのくまと福助《ふくすけ》人形を照らしていた。くまには料理本が二、三冊寄りかかっている。

東京のレストランを辞めた直後、ジャンルにこだわらず本をよく読んだ。段ボール箱に五箱はあったが、こっちに帰ってくる際にほとんど処分した。その残りである。

壁際には、パソコン、エアロバイクが寄せられていて、かたわらには重さを変えられるダンベルがある。それらはジムがないこの町に戻ってから揃えた。

体を動かすのは好きだ。健康のためとか思考の整理とかいろいろと効果は謳《うた》われているが、好きだから運動しているだけで、好きじゃなけりゃ健康によくても頭の整理に効果的でもやらない。

今朝は鶯が盛んに鳴いている。鶯色のソースはジェノベーゼ以外になんかあったっけ、とぼんやりした頭を巡らせながら起き上がる。

朝のうちは、五月といえどもまだ寒いので、毛布と布団をかけている。はぎとってベッドから降りる。

学生時代はよく寝坊していたが、働くようになってから寝坊はしていない。仕事だからじゃなくて、好きだから。自分でも単純だと思う。単純万歳《ばんざい》。ややこしいことはいつだって向こうから持ち込まれるのだから、自分自身だけでもややこしくないほうがいい。

床の冷たさが頭まで駆け上ると、「あ、枝豆のソースも鶯色だ」と閃《ひらめ》く。

洗面所を経由して、歯ブラシを口に突っ込みながら外に出れば、ふいに、風が吹き抜けた。梢《こずえ》がザアアッと音を立てて大きく揺れ、山がうねる。

風がやんだ後には、清浄な空気と澄んだ鳥の囀《さえず》りとレストラン裏の小川の音が残った。

朝露《あさつゆ》が濡《ぬ》らす水道の蛇口《じゃぐち》をひねってブリキのジョウロに水を汲《く》み、店の前に並べた素焼きの鉢に植わっている箒木《ほうきぎ》に水をやる。全て母が持ってきて自由に置いていったものだ。母は家業の農作物では飽き足らず、ガーデニングもやっている。

鉢の下から水が染み出すのを目安に切り上げ、パジャマ代わりのスウェットのパンツをずり上げながら、郵便受けから新聞を取る。じっくり読むのはあとにして、先に見出しだけサラッと目を通す。ある国では今時、大統領候補の食事に毒が盛られた可能性があるという。その下には介護離職の文字が躍《おど》る。社会面にはダイエット問題と、逆に肥満《ひまん》問題。下の広告面には、登磨の知らない芸能人の離婚を取り上げた週刊誌と、結婚式場の広告が並んでいた。

ブーンと羽音がする。虫か？　とそちらに顔を向けた時、近づいてくるクルマの排気音に気づいた。

駐車場に入ってきたのは、パールピンクの軽自動車。

駐車場の隅に停まって、運転席から降りた美玖が駆けてくる。

開店時間ちょっと前でいいよと伝えているが、彼女の出勤は半端《はんぱ》なく早い。

「おはよーございまーす」

元気な挨拶と笑顔。それいけ、って感じだ。

「店長、今日も寝癖《ねぐせ》絶好調ですね。うさぎの尻尾《しっぽ》みたいで、めんこいですー」

どこからか、朝の光をまとったキセキレイが舞い降りてきて、美玖の頭の上を滑《すべ》るように横切っていく。

一気に一日が動き始めた。

コックスーツに着替えて、バンダナをギチッと巻く。前日の夜のうちに仕込んだものの続きから始める。

キッチンに、もうもうと湯気が立ち込める。換気扇が回り、水音とステンレスの鍋《なべ》やお玉の音。包丁が高速でまな板を叩く音。鼻歌。

「店長、キルシュのストックがそろそろ切れそうです」

「了解。弁当の予約、追加来てたよ」

「やった！」

いつものルーティンは流れるように進む。

七時を回ると、駐車場が賑やかになり始めた。

美玖が看板を表に出すと、お客さんが続々と入ってくる。この時期は山菜採りのハイカーが多い。ほとんどが、帰りに山菜をおすそ分けしてくれる常連さんで、彼らに予約の弁当を渡す。

今日の弁当は、昨日の休憩《きゅうけい》時間に釣《つ》ったイワナのムニエル、実家の『あけちふぁ〜む』で採れた新じゃがと新玉ねぎのキッシュ、地鶏《じどり》の卵焼き。そして葵岳産木苺《きいちご》ジャムのサンドイッチ。

朝ドラが終わったあたりから店内で飲食するお客さんが増えてくる。佐々木のじいさんも庭仕事の休憩にやってくる。

ランチが終わる十三時半から、二時間の休憩。賄《まかな》いを食べて休む。美玖は家に帰ってもいいし、好きにしてもらう。

賄いをすませた登磨は、コックスーツのボタンに手をかけた。

ショップカードに覆いかぶさって、トゲクリガニのようなヒトデのようなイラストを描《か》いていた美玖がパッと顔を上げる。散歩を期待する犬のようだ。

「どこか行くんですか？」

「うん、買い出し」

「あたしも行きたいです」

「休んでていいんだよ。店に必要なもの買うだけだから」

「いえ、行きます！　連れてってください」

すでにエプロンを取っていた。

休憩時間なのに仕事熱心だなあ、と登磨は舌を巻く。

愛車のＳＵＶは店の裏に停めてある。

助手席の下に載《の》せっぱなしの長靴を後部座席の足元に移す。たまに実家の農作業を手伝っているので、ドアポケットには軍手も押し込まれていたりする。

美玖を助手席に乗せる。ちんまり収まる彼女は、シートベルトが顎の下にかかっていて首《くび》吊《つ》りに見える。

登磨は運転席に乗り込んでシートベルトをバックルに差し込みながら聞いた。

「前見えてる？　クッションを用意しといたほうがいいかな。あの桟敷席《さじきせき》にあるふかふかのやつ」

「国技館《こくぎかん》の」

「うん」

美玖は背筋を伸ばす。

「店長、あたし、お買い物についていくってだけで、稽古《けいこ》に臨《のぞ》むんじゃないんですよ」

シフトレバーを動かして小径《こみち》をバックしていき、駐車場でクルマを回して農道に出た。

買い出しの店までは五分。町の中心から外れたところにある大きなショッピングタウンの中にある。ここは倉庫のように広々として、生鮮食品から医薬品、日用品、家具などなんでも揃っている。町民の生活は一切合切《いっさいがっさい》このタウンが請け負ってくれているといっても過言ではない。

そこそこ混んでいる店内を、登磨が商品を選んで、美玖がトイレットペーパーや大型ボトルの消毒液、スパイス類、強力粉などが山となったカートを易々《やすやす》と押してついてくる。

キョロキョロして、登磨が思いつかなかった品もかごに入れてくれるのはいいが、時々登磨を轢《ひ》きかける、というか手加減なしに結構な勢いでガツンとぶつかる。カートの行く先が不安定にもなる。オレが押そうかと申し出ても彼女は、「カート押し係はこのあたし」と自負しているのか、いえ大丈夫です！　と返答をして引き続きガツンガツンぶち込んでくるため、登磨は自分の尻とほかのお客さんの保安のために、片手でカートのかごをつかんで舵取《かじと》りをすることになった。

　登磨が食器用洗剤を手に取った時、美玖が「あ、早苗ちゃんだ」と声を弾ませた。

　足を止めて振り返ると、彼女は医薬品コーナーの一角に顔を向けている。

　美玖の視線を辿《たど》ると、棚でできた横道に、制服姿で学校指定のリュックを背負った早苗がいた。手に取った品物をしげしげと見ている。

「おーい、早苗ちゃーん」

　美玖が呼ぶと、天井の明かりの瞬《またた》きかもしれないが、目の下をピクリとさせた、ように見えた。

　早苗は、品物を腕に引っかけたかごに押し込んで近づいてくる。

「こんにちは。おふたりで買い出しですか？　あれ、今日って営業日じゃなかったですか」

　彼女のかごには、豚肉や食パン、オリーブオイルなどが入っていた。

「休憩時間なんだ。早苗ちゃんはどうしたの？」

　午前授業だと瑛太はいっていた。しかし、部活があるから店には出ない旨《むね》の連絡をしてきた。だから今はテニスをやってるはずなのだが。

「あたしは、戦力外なので、ルーティンをこなしたら帰れるんですよ」

　サクサクと訳を話す。

帰れる、とは帰りたがっているひとが使う言葉だ。休日も練習に励んでいた彼女にしては、ずいぶん割り切ったものいいだ。熱が冷めたのだろうか。

店内放送が流れていく。どこかで赤ん坊がぐずっている。お客さんたちの声や気配が天井に響いてにじんでいく。

癖なのだろうか、早苗は手のひらのマッサージをしている。血色がよく艶《つや》の乗る手のひらに、薄黄色の硬《かた》そうなマメが見えた。

登磨は早苗が商品を手に取った棚を見る。胃腸薬《いちょうやく》の類《たぐい》が陳列《ちんれつ》されていた。

「お腹《なか》痛いのかい？」

「あ。……ええと、家の買い置きがなくなったので、ストックです」

早苗は視線を落とす。

「家どのへん？　送ってこうか？」

「あ、いいですいいです。すぐ近くですから」

残像が見えるほどの速さで手を振り、ぺこりと頭を下げると、そそくさとその場を去った。

「胃腸薬が恥《は》ずかしかったのかな」

と、美玖が推量しながらカートを切り返して、通路に戻る。登磨は彼女の後に続いて、その背中に問う。

「腹薬《はらぐすり》のどこが恥ずかしいの」

「年頃の女の子には、薬といえど恥ずかしいものと恥ずかしくないものがあるんです」

登磨は首の後ろをかきながら、早苗が去ったほうを見た。

翌日、手伝いに来た瑛太に、美玖が早苗の話を振った。

「早苗ちゃん、試合に出られないんだね。なんといっていいか……学校では大丈夫かな？」

むしろいつもよりテンション高いくらいです、とトレイを磨きながら瑛太はいう。美玖に対する時だけ口調は穏やかでやわらかくなる。

「あいつ、選抜テストでエラーばっかりしたんすよ。緊張《きんちょう》したっていい訳してたけど」

「三年続けてても、緊張すんのか」

登磨は肉に塩胡椒を振る。

「最後の試合ですからねえ」

いちごを潰しながら理解を示す美玖に、だが瑛太は続けた。

「冬の試合の後からずっと不調なんすよ」

「その試合で負けたりとか、したの？」

「ええ」

「そりゃあ、ショックよねえ……」

「今回の選抜テストだって、緊張でもなんでもなくて不調を引きずってるだけだったんですよ。でもまあ本人は、割り切ってるみたいです」

トーナメント表を見ていた彼女と、ショッピングタウンでの彼女、手のひらのマメ。それら一式を登磨は思い出す。

「差し入れするから自分の分も頑張れだそうです。おまけに、当日の弁当は少な目に持ってこいとまで豪語《ごうご》しました」

瑛太が美玖に遠慮がちに視線を送る。美玖はパチパチと瞬《まばた》きして、あ、と閃いた顔をした。

「あたし、作ろうか」

瑛太の表情がパッと明るくなる。

「いいんですか。あ、でも手間をかけてしま」

「よし、オレが作ってやろう」

腕まくりをした登磨を、瑛太がキッと睨《にら》む。

「登磨はしゃしゃり出てこなくていい」

「確かに店長のお弁当なら間違いなしですね。あたしも、試合当日の賄いはそれがいいです」

「任せろ」

「とぉぉまあああ！」

「にしても早苗ちゃん、できた子だね。選手に選ばれずに悔しかったろうに、瑛太君を応援できるなんて、中学生でそれはなかなか難しいことだよ、ね、店長？」

登磨は顎のつけ根をなでながら、曖昧《あいまい》に頷いた。

六月初旬の青森県は、まだ梅雨《つゆ》入りしておらず、試合当日も爽やかに晴れ渡っていた。

鳥追いの空砲が朗《ほが》らかに響き渡ると、鳥が一斉にはばたき、大勢のひとの拍手のようなその羽音が大気を震わせる。

十一時半。いつもなら混み始める時間だが、今日は客足が鈍い。娯楽《ごらく》が少ないこの地域では、試合や大会、町の運動会や文化祭などのイベントがあると、ひとびとはそちらに流れる。

登磨はトマトをムーランにかけて漉《こ》していた。このムーランは二代目。一代目は美玖が破壊した。おかげで手に入った新しいものは、キュルキュルという音もしないし、ハンドルもスムーズに回るので、仕事ははかどるし楽しいのだが――。

ハンドルを回す手を止め、窓の外へ目を向ける。

作業台で、弁当を運搬《うんぱん》ケースに積み上げていた美玖が、声をかけてきた。

「店長、会場まで配達に行ってきますか？」

ケースに積んでいるのは、テニスの試合に関係する保護者の弁当だ。

試合会場は、ここから農道をクルマで二分ほど下ったところにある。

店内を見渡せば、お客さんは若いカップルがひと組だけ。それも、食事はすませており、珈琲を飲んでいた。ちょっとくらいなら、店を頼んでもいいか。

「任せていいかい？」

「もちろんです、瑛太君の晴れ舞台ですよ」

「ああそうか。それもあったな」

「え？」

「いやなんでもない。じゃあお言葉に甘えてそうさせてもらおうかな。可愛《かわい》い甥っ子をからかったらすぐに戻ってくる」

あたしの分まで応援してきてくださいと、美玖は送り出してくれた。

弁当をどっさり載せたＳＵＶ車で、会場に向かう。

リンゴ畑の路肩に試合会場へ導《みちび》く簡易な看板が増えてくる。路肩に停める自家用車もちらほら出てきた。対向車線にも停まっているので、徐行運転でクルマとクルマの間をスルスルと縫《ぬ》って駐車場を目指すと、入り口で、名札を首から提げたおとなたちが棒を振っていた。

混み合う駐車場を抜け、弁当の引き渡し場所である、フェンスに囲まれたコートの出入口に乗りつけると、隣町の中学校の保護者たちが待っていた。多くが女性で、首にタオルを巻き、大きな帽子をかぶって薄手の長袖《ながそで》のパーカーを羽織るという万全の日焼け対策を取っている。

受け取ろうとした彼女たちに「重いので観客席まで運びますよ」と申し出て観客席に入った。

ボールを打ち合う音と、選手の気合いの入った声がコートに響いている。

コートを挟んだ向こうのベンチに、瑛太の姿があった。両膝《りょうひざ》に肘《ひじ》を乗せて前のめりになって、ほかの選手たちとともに試合を見ている。

代金をいただいていると、弁当を数えていた別の保護者が「あれ、ひとつ多いです」と返してよこした。

「すみません、間違えました」

引き取った時、ちょうど防災無線から正午を知らせる鐘の音が鳴り響く。

試合は終わり、瑛太たち選手はコートを離れて観客席に引き上げた。

水筒《すいとう》に口をつける者、弁当を広げる者。思い思いにくつろぎ始めた彼らに、早苗が腕にかけた紙袋から、何かを配っていく。

観客席に近づくにつれ、配っているものがラップで包んだサンドイッチであることが確認できた。早苗の持つ紙袋は次第に風に揺れるようになる。

早苗は瑛太に近づきながら、またひとつを取った。紙袋がひらひらと風になびき、くるくると回転する。

瑛太に差し出す早苗の顔は強張っている。

瑛太の手に渡る寸前、二メートル程のところまで距離を詰めた登磨は声をかけた。

「早苗ちゃん、こんにちは」

早苗がハッとした顔でこっちを振り向く。手からサンドイッチが落ち、ベンチとベンチの間の暗闇《くらやみ》にすとん、と入った。一瞬見えたのは、ラップに貼られたファンシーな小さな丸いシール。

瑛太が顔を向け、やってきた叔父《おじ》を前にして意外そうに目をしばたたかせ、すぐに口をへの字にした。

「登磨。なんで来たんだよ。こっぱずかしい」

「弁当の配達だよ」

「美玖さんじゃないのか」

がっかりした様子で、瑛太が落ちたサンドイッチに手を伸ばす。

「汚い！」

突然、早苗が怒鳴って落ちたサンドイッチを素早く拾い上げた。蜘蛛《くも》の巣《す》が絡まり、いつのものなのか、落ち葉もくっついてくる。早苗は紙袋に荒々《あらあら》しく押し込んだ。

常日頃、早苗は感情が安定しているように見えるし、ふるまいも落ち着いているから、突然の荒っぽい仕草に、瑛太はぽかんとしている。ほかの子たちも、チラチラ視線をよこす。場の空気がひりつき始めた。

彼らの中にいる中年の男性だけはおよそのんきな雰囲気で、登磨に会釈《えしゃく》をした。ミシュランのマスコットに似ている彼のむっちりした袖には、中学校の名前が入った腕章《わんしょう》がついている。手にはサンドイッチ。シールはない。どの生徒のサンドイッチにもシールは見当たらない。

「何これ。配達のじゃないの」

登磨は学校関係者の男性に会釈を返してから、弁当を瑛太に差し出した。

「余ったんだよ。お前、持ってきた昼飯、少ないだろ。足りないべ。オレが不用意に声かけてしまったせいで、サンドイッチ食いっぱぐれちゃって悪かったな。じゃあ帰るわ」

踵《きびす》を返しかけて弁当を指す。

「ああ、そうそう、それ美玖ちゃんも手伝ったやつな。じゃ」

今度こそ背を向ける。その刹那、視界の端に映った早苗は俯《うつむ》いていた。


停めていたクルマのドアを開けようとした時、遠くから女の子の声で呼ばれた。

振り向くと、早苗が駆けてくる。燦々《さんさん》と注ぐ陽気な日の光が、眉の間に深い闇を作っていた。

そばに来た早苗は視線を落として、下唇を噛む。話したそうだな、と思った登磨は、ごく普通に、早苗に、乗るよう助手席のドアを開ける。大会が終わるまで、クルマの出入りはないと思うが必要があればすぐに移動できるよう、念のため、車内で話をしようと思ったのだ。ところが、早苗が難しい顔をして、あのええと、といい淀《よど》んだので、遅ればせながら、まずいのかと気づく。

登磨は早苗を連れて、クルマが確認できて、なおかつ四方八方から丸見えのベンチに移動した。

白樺《しらかば》の枝葉の間から、木漏れ日が座面に模様を描いて揺れている。風が通り抜け、時折流れる会場の案内放送が、近くなったり遠くなったりした。

自販機からペットボトルのお茶を買い、ふたを開けて早苗に差し出した。小さく礼をいった早苗は膝の上で硬く握《にぎ》り合わせていた手を解いて、受け取る。登磨は、ひとり分空けて隣に腰を下ろした。

　早苗は登磨を呼び止めたものの、話を切り出すのを迷っているのか、あるいは呼び止めたことを後悔しているのか、肩をすぼめたまま地面の一点を見据えペットボトルを握っている。

　登磨が先に口を開いた。

「まずはお礼をいわせて。瑛太にテニスを教えてくれてありがとう。テニスのテの字も知らなかったあいつが、今じゃ、テニスを楽しめるようになったよ」

　早苗の顔が気まずそうに歪《ゆが》み、目が泳ぐ。

　登磨はお茶を口にした。新茶と銘《めい》打《う》たれたそれは瑞々しく爽やかな味で、遠いところに甘さがある。

「で、何仕込んだの」

　早苗はビクリとした。その拍子《ひょうし》に、握っていたペットボトルがベコリと凹《へこ》んで、噴《ふ》き出したお茶がジャージを濡らす。早苗は慌ててポケットからハンカチを抜き、叩くように拭《ふ》いた。

「ごめん、遠回しにいうのが下手なんだ。仕込んだのはあれかな。中学生の女の子にこういうことというのは品がないらしいけど、手っ取り早くいうと、下剤《げざい》的な？」

　早苗が目を見開く。汗がこめかみを伝っていく。

　確信を得た登磨は、奥歯をかみしめた。靴の下で砂利がナッツを砕くような音を立てる。

ことがはっきりした途端、湧《わ》いてきたのは静かな怒り。

早苗をじっと見据えると、彼女は怯《おび》えたように再度、目を伏せた。

どこから電子音が聞こえてくる。

早苗が登磨の腰へ視線を滑らせた。

自分のスマホが鳴っていることに気づいて、登磨は、ジーンズのポケットからスマホを抜いた。

美玖の番号が表示されている。店で何かあったのだろうか。

登磨は一旦《いったん》気持ちを切り替えて、はいはーい、と陽気に出た。

『店長、お弁当ひょっとしてひとつ余ってませんか？　今こっちのを数えたら、一個少なかったです。すみません』

「ああ、うん、でも瑛太が足りなそうだったから渡した」

『そうだったんですね、了解です。あ、瑛太君、どうですか、緊張してませんか？』

「あいつは緊張しない系」

『あははそうですか』

美玖の天真爛漫《てんしんらんまん》な笑顔がパッと浮かぶ。

『そしたら、早苗ちゃんはどうですか？』

早苗？　と声に出しかけてのみ込む。

俯いている早苗をチラッと見る。

そうか。この電話の一番の理由は、弁当がどうのこうのではなく、早苗の様子が気がかりで、それでかけてきたのか。ひょっとして、弁当をひとつ余分に持たせたのも、一連の流れを読んで意図的に？

そう読んだら、腹の底が冷えるような、逆に焼かれるような両極端な感覚がジワリと広がった。でもってその読みはそう外れてはいまいと確信を持つ。子どもの頃に負った冷たい傷を、明るく温かな笑顔の底に秘める彼女の意図なのだから。

心配いらない、もう少ししたら帰ると伝え、通話を切る。

スマホをポケットにしまった時には、怒りは薄れていた。

早苗は足元をじっと見つめていた。何を見ているのかと視線を追えば、蟻《あり》の行列。列から脱落するものも、ほかを蹴落《けお》とすものもなく、秩序を保ち、足並み揃えて目的地へ向かっている。

さらさらと風が頰をなでていく。

電話を終えるのを待っていたかのように、早苗が、「どうして分かったんですか」と掠《かす》れ声を漏らした。

「ショッピングタウンで会ったじゃない」

「でも、それだけであたしが差し入れに何かしたと判断できるものですか」

早苗が登磨に当惑顔を向けた。

「うん、まだあるよ。君、自分で気づいてないと思うけど、はたから見て、てんでちぐはぐだったんだよ」

早苗は眉を寄せた。

「いってることと、手のマメとがちぐはぐだったんだ」

自分の手のひらを見た彼女は、不思議そうな顔をした。

「それほど」

と、登磨は早苗の手に視線を投げる。

「熱心に取り組んできて、最後の試合で選手になれなかったことを『しょうがない』ってそうすっぱり諦《あきら》めきれるもんなのかなって、疑問だったんだ。おとなだったらまだしも、子どもがさ。グズグズするのが子どもなのに、さらに瑛太を応援するとまでいった。あ、これは美玖ちゃんが感心してたことだけど。だから、なんかあんのかもなって気になってたんだ。そしたら、差し入れするって聞いたし、瑛太に渡す時だけ君の顔が強張っていた。それに瑛太に渡るはずだったサンドイッチにだけシールが貼ってあった。これだけヒントがあると、さすがに桁外《けたはず》れな鈍感力を誇《ほこ》るオレでも分かる」

「サンドイッチの断面が見えたけど、具はポークステーキだったよね」

早苗がごつい音を立ててつばを飲み込む。

「なーして、よりにもよって、縁起がいい豚肉をひとに害をなす道具に選んじゃったかねえ」

「そこ、気になりますか」

「ぶっちゃけそのへんくらいだね、気になるのは」

「甥のお腹より？」

ぽつりと尋ねる。

「甥のお腹より」

断言する。

「豚肉は……瑛太君が食べてるって聞いたので。でもお肉よりソースが重要でした。あのソースは味が独特で、風味も強いので、混ぜたら薬の味を誤魔化《ごまか》せるんじゃないかと思ったんです」

持ち前の情熱と練習好きにより、何度も試作したそうだ。

登磨はまた怒りが再燃しそうになったが、スマホを握り締めて押さえつける。深呼吸して、青葉の新鮮な香りで腹の中の不穏《ふおん》を洗い流す。

「瑛太の腹が下ったら、大概《たいがい》はその原因を君の差し入れに求めるだろうけど、それでもいいの」

「求めませんよ。真っ先に考えられるのは食中毒でしょうが、みんなのには入れてないんですから、あたしの差し入れより、持参したお弁当を疑うはずです。まあもっとも調べれば明らかになってしまうでしょうが、全員がお腹を壊したのならまだしも、ひとりだけなら体調不良ということもありますし、そんなのいちいち調べるでしょうか」

　登磨は黙して早苗を見つめる。

　早苗は足を投げ出した。

　蟻の行列が散り散りになる。

「もしバレたとしても、よかったんです。もうどうでもいい」

　いつもの礼儀正しさは消え、すっかりやさぐれて開き直っている。

「瑛太君の叔父さんにこういうことをいうのは憚《はばか》られるのですが、瑛太君が試合に出られなければそれでよかったんです。——すみませんでした」

　憚られるなんて言葉、中学生が使う言葉なのだろうか。そういう馴染《なじ》みのない言葉さえスルスルと出てくる子が何を血迷ってこんなことを。

「早苗ちゃん、調子悪かったんだって？　瑛太がいってた。冬頃、対戦して負けてからって」

「——はい。瑛太君との対戦でした。あんなに強くなってたなんて計算外でした。初めのうちは、手加減してあげようなんて上から目線の考えで臨んだんですが、気づいたら本気出してました。で、負けたわけです」

　瑛太との試合だったのか。瑛太はそこはいわなかった。あいつなりに思うところがあったのかもしれない。

　早苗は、思い出したようにお茶に口をつけた。

「あたし、入部したての頃は、先輩《せんぱい》たちや、あと試合でも負けてたんですが」

「そりゃよかった。先輩たちにも立場ってものがあるから」

「だんだん勝てるようになりました。二年生になったら、少なくとも部員には負けなくなってました」

自慢する風でもなく、他人事《ひとごと》のように淡々《たんたん》と話していく。

「なのに数か月前に入ったばっかりの、ラケットも握ったことのなかった瑛太君に負けるなんて」

膝の上で拳《こぶし》を作る。手の甲が白い。蜘蛛の巣状に走る血管が透けて見えている。実直に励んだ証ができたその手で、どういう思いで仕込んだのだろう。

「そこから不調になりました。肩が上がらなくなりました。テニスをする時だけ、なぜかバネみたいな動きになっちゃって、いうことを聞かず、使い物になりません。走るのもぎこちなくなりました。お医者さんに診てもらいましたが、どこにも異常はないということで、なんの治療もしてもらえませんでした」

自分のことを使い物にならないといったその言葉が寒々しすぎて、腸《はらわた》を氷の手でむんずとつかまれたような気がしてくる。

「試合の後の部活で、ほかの部員が打ったボールを外したことがありました。それを、瑛太君に見られました。瑛太君はちょっと笑いました。いつも無表情でプレーしているのに、その時だけ笑ったんです。完全に見下されました。新人の彼に、ずっと前からいて、部長で、瑛太君にラケットの使い方から教えたあたしが、馬鹿《ばか》にされたんです。自分でもびっくりするくらい腹が立ちました。瑛太君が入ってきた時の嬉しさが消えて、憎しみすら覚えました」

可愛さ余って憎さ百倍、というやつだろうか。話を先に進めるために登磨は相槌《あいづち》を打つ。

今は、ボールを拾ったり、道具のメンテナンスにいそしんでいるという。

「努力してきたことが、必ずしも報《むく》われるというわけではないんですね」

早苗はため息とともに、空虚《くうきょ》なまなざしを足元に落とした。

蟻がまた集まってきて、少しずつ行儀のいい列を成し始めている。

「早苗ちゃんはテニス、楽しんでた？」

「……最近じゃ、全然楽しくなくて、部活が憂鬱《ゆううつ》です。あんなに好きだったのに。嫌いになんか、なりたくなかったのに。嫌になってしまったのかもしれません」

拳が軋《きし》む。薄い皮膚《ひふ》が突っ張って、関節のところから裂《さ》けていきそうだ。

どっちのことをいっているのだろう、と登磨は淡く検討する。

あるいは「どっち」ばかりではなく、それには自分自身も含まれるのだろうか。

お茶を口にした登磨は、太ももに肘を乗せて前屈みになる。首のところをつまんだペットボトルの中で、わかば色の液体が揺れる。

「つまりは負けたから嫌いになって、勝ってるうちは好きでいるってことか。勝ち負けって影響力すごいね。ところがどっこい幸いなことに、勝ち負けを重視する部活はそろそろ終わる。終わるんだからもう誰かと競うこともない。こっからは自由だってこと。やりたくなったらやればいいし、やりたくなかったらやんなくていいわけ」

早苗は、顔を上げて目を丸くして登磨を見る。

「休めば、また向き合えるようになるよ」

「なりません！」

早苗が強く否定《ひてい》した。

登磨は眉を上げる。

「君、否定する声は大きいんだね」

早苗が目の周りを赤くにじませる。

「……店長さんには分かりませんよ。挫折《ざせつ》なんてしたことないですよね」

「分かんないよ、テニスはやったことないから」

早苗が、意表を突かれた顔で登磨を見た。目の周りの赤みが一気に引く。

料理で、ですよ、とゆっくりと念を押すようにいわれる。登磨はのほほんと頬をかいた。

「ああ、料理。一時期休んでたことはあったけど、負けたことはない」

臆面《おくめん》もなくいい切った登磨に、早苗が呆気《あっけ》に取られている。

「だってオレ、誰かと競ったことがないから」

早苗が登磨を見つめて瞬きした。その目の奥には、たった今、投げやりな態度をとっていたとは思えぬほどの聡明さがにじんでいて、それは、以前の早苗のまなざしそのものだ。

「まずはさ、自分を褒《ほ》めてやんない？　一度、自分がしてきた努力を振り返ってみたらどうかな。今の自分が自分史上一番の年長さんなら、その手のマメを作ってきたのは今より未《み》熟《じゅく》な年下の自分のわけだ。未熟な自分が頑張ってきたのを一番よく知ってるのは、早苗ちゃん自身なんだよ。だったらさ、強く否定するその同じ口でさ、よく頑張ってきたって年下の自分を褒めてやろうよ」

一度引いた早苗の目の周りの赤みが、じんわりと蘇《よみがえ》る。

どこか遠いところで、鳥追いの空砲が上がった。果てのない空に響いて染み渡り、やがて馴染んで消えた。

登磨はペットボトルに口をつける。

苦くてかすかに甘い冷えたお茶が、火照《ほて》った体を冷やしていく。

「早苗ちゃん、テニス始めたばかりの時の気持ちって覚えてるかい？」

次の水曜の定休日。登磨と美玖と、臨時休校の早苗、瑛太は、先日の町営テニスコートにいた。

早苗はガチガチに肩に力が入っていて、ラケットを絞るように握っている。そんな彼女と登磨がペアで、ネットを挟んだ向こうには、美玖と瑛太がいる。蝶《ちょう》を目で追う美玖と、こちらに向き合って身を低くして構える瑛太。

先日の試合で、瑛太は一回戦目と二回戦目を勝ったが、本人は喜ばなかった。かといって、三回戦目で負けても、悔しがりもしなかった。自分が打ち返した回数にただ、満足していた。

「いーくーぞー」

登磨がベースラインからボールを高く投げ上げてラケットを振る。勢い良すぎて体ごと一回転したが、手ごたえはなく、ボールは頭の上に落ちてきて、高く跳《は》ね上がった。

瑛太は苦笑し、心許《こころもと》なさそうな顔をして固くなっていた早苗はぽかんとする。美玖は飛んできた虫に向かってラケットを振った。

次も空振りで、三回目は打った。

瑛太が走り込み、打つ。丸い音が響く。早苗のほうへ飛んでくる。

早苗は強張った顔をして、それでもラケットを振った。確かにつっかかるような動き。空振り。顔を真っ赤にする早苗。

「どんまーい」

美玖がフォローする。

「初めての時ってそんな感じだった？」

登磨が問うと、早苗はおずおずと、はい、と頷く。

「お得だな、慣れてくるとフレッシュな感覚を忘れるもんだけど、君はまた体験できるんだから」

登磨の解釈に、早苗は、曖昧に頬を緩めた。

プレー再開。

美玖が打ったボールは、高速でコートから外れていく。登磨は全力で走って、体を伸ばし、ラケットの端っこに辛うじて当てる。ボールは高く真上に上がった。登磨はジャンプして打ち返す。瑛太の耳を掠めてすっ飛んでいった。

「ええええ」という瑛太の否定混じりの驚きの声が響く。

「今のはアウトだから、打たなくてもよかったんだ。それに一回ラケットに当てたものをまた打つなんて、聞いたことがねえよ」

「あ、そういうルールにする？」

　肩で汗を拭う。

「するとかしないとかじゃなくて、そう決まってんだよ」

　瑛太が叫びながらボールを追いかける。

「でも打っといたほうが面白いべ。そういう遊びなんだから」

「はあっ⁉」

　瑛太がボールを拾う。

　とうとう早苗が噴き出した。

「そうなんですよね。打ち合う遊びなんですよね」

　肩の力が抜けた笑みだった。

　登磨は胸の前で片腕を抱え込んで、肩のストレッチをしたのち、前屈みになって構える。

　瑛太が綺麗《きれい》なトロフィーポーズでサーブした。

　ボールがネットすれすれに飛んでくる。

早苗が地を蹴った。少しぎこちないながらもボールを追って打ち返す。ボールはあらぬ方向へ飛んでいく。両手でラケットを握り締めた美玖がサイドラインを越えて走って、「こぐまアターック」とハエをぶちのめすように振り下ろす。足元の地面に叩きつけられたボールは高く跳ね上がった。落ちてきたそれを、登磨たちのコートに打ち返す。

早苗がダッシュで打ち返す。瑛太たちのコート内に鋭いV字を描いてバウンドした。

「やった！」

早苗が拳を握る。

「勝ってもいいのか」

瑛太がラケットで早苗を指した。「勝ったチームが、コートの掃除をして管理事務所に鍵《かぎ》返すって約束、忘れたのかよ」

ルールを決めたのは登磨。

「あ～しまった、そうだったね。変なルールだったんだ。勝ったら罰《ばつ》ゲーム」

そう、勝ったら負けなのだ。

「勝利を目指すのは、魂《たましい》にすり込まれたサガだねー」

美玖がブンブン素振りをする。

「本気出したら勝つし、勝ったら掃除だし。もう訳分かんね」

瑛太がメガネをずらして、Tシャツの裾《すそ》で顔を拭いながらなじる。垣間《かいま》見える腹はうっすらと割れていた。

それからしばらくラリーが続いた。もはや全て自由。ルールさえ知らないふたりが参加しているため、めちゃくちゃであるが、全員の顔は朗らかだ。

美玖がラケットを地面に立ててすがった。

「あのー、あたしお腹空《す》いたのですがー」

登磨はコートの時計台を振り仰ぐ。そろそろ二時になる。

「お昼にしよう、飲むもん買ってくるわ」

登磨はベンチへ向かい、背もたれにかけていたジップパーカーを取り上げる。ポケットから小銭《こぜに》の音がする。

美玖が「あたし、飲み物持ちます」と、ついてきた。

コートを出て、少し離れた自販機に向かう。スニーカーの底が小石を噛む。自分の足音の真ん中に美玖の放つ軽やかなリズムが二度刻まれる。登磨は少しペースを落とす。

先週の試合の後、レストランに戻ってから早苗のことを美玖に話した。

早苗が、美玖にも心配かけたから彼女にも話しておいてほしいと訴えたからだ。その時彼は登磨が握る、美玖から電話を受けたスマホを見つめていた。

早苗がそういい出さなかったら、登磨の胸に収めておくつもりだった。

話を聞き終えた美玖の一発目の感想は、みんなそんなに強くないですもんね、だった。

静かなひと言だった。

登磨は、この子に話してよかったと、思った。

それから数日してレストランに手伝いに来た瑛太はといえば、仕事はきっちりやったし、不愛想《ぶあいそ》の程度もいつもと変わらなかった。が、ふと、虚空を見つめて立ち尽くすことがあって、それは、早苗から下剤入りサンドイッチの件を打ち明けられた何よりの証拠だった。

やはり、それなりにショックだったのだろう。

放心していた彼に、美玖が大丈夫？　とそっと声をかけると、細かな瞬きをして美玖を見て、それから登磨に視線を転じた。

「ふたりとも、知ってたの」

「彼女から聞いたんだ」

瑛太はのろのろとトレイを拭き始める。

「あいつ、勝手に悩んで、勝手に恨《うら》んで、勝手に陥《おとしい》れようとして、勝手に反省したというひと通りを勝手に打ち明けてきてさ。そんなのいきなり聞かされたってこっちは普通に『は？』だし。いやいや今のそれ、ただの報告だろって思ったし。でもあいつの、下剤のひとつでも仕込んでやろうという気持ちも分からなくはないし、オレの腹は無事だったし。だからまあいいかなって。黙っててもよかったのに、わざわざ打ち明けてくれて、頭を下げた。だからその誠意は信じたい」

「お前立派になったなあ」

登磨は、腕を目に押しつけて感涙《かんるい》にむせぶ真似をする。

「登磨はさ、あいつに怒った？」

登磨の渾身《こんしん》の演技を、甥っ子は綺麗に無視していう。

「いや」

登磨は首を横に振る。

「うっかり怒鳴りかけたけどね。料理をそういう手段に使われるのは、オレには受け入れ難かったから。でも怒鳴ろうとしたところで、美玖ちゃんの電話が止めてくれた。オレだって料理を誤魔化したことがあったんだから、ひとを怒鳴れるはずもなかったんだよ」

話していて、あ、と気づいた。あの時の電話は、早苗の様子を聞くのが目的だと思ったが、ひょっとすると、頭に血が上る可能性を見越して、オレを一旦立ち止まらせるのも目的のひとつだったのではないだろうか――。

そう見当をつけたら、再び腹の底が冷えるような熱くなるような感じがして登磨はまじまじと美玖を見てしまう。美玖は登磨をしっかり見返して、

「店長のそれは、今回のケースとは違いますよ。店長の場合は、状況がそうさせたんですから」

と、力強くフォローする。

そうかな。やったことは同じ気がする。

今もそのことを思い出す。思い出すと、胸に鉛《なまり》色の雲が湧く。

都会のレストランで働いていた時に、お客さんの要望を無視する料理を作った。提供後に、それを食べたのが当時つきあっていた彼女、蘭《らん》だと知った。登磨はその事実を明かせず、彼

女の前から逃げた。

　長らく連絡を絶っていたが、去年、蘭は地元であるこの町に帰ってきて挙式、葵岳で披露宴を行い、海外へ渡っていった。

「瑛太君は、許したんだね」

「はい」

「度量広いよ」

「違うんです。藤島のやつ、オレにサンドイッチを渡しながら、豚肉は縁起がいいんだよっていったんです。それって、応援してくれる気持ちも、少しはあったんじゃないかって思ったから……だって藤島ですよ。正直、うざいと思ったこともあったけどあいつ基本的にはいいやつだから」

　瑛太は空《から》っ洟《ぱな》を啜った。

「そもそも、きっかけは誤解のせいなんです。部活で藤島のミスを見たオレが笑ったっていうんです。オレは、藤島がミスしたとかそれを笑ったとか、そんな些細《ささい》なこと覚えちゃいませんでした。大体、他人が本気でやってたことでミスしたのを笑ったことは、一度もありません。登磨は別ですが」

「ゴミのように分別するな」

「ただ、そういうふうに受け取られたのなら、オレのせいです」

　トレイの曇りを根こそぎ消し去ろうとしているかのように、布巾《ふきん》でこすりまくる瑛太。

「ホッとしたのかもしれません」

彼は、早苗にこういったという。

藤島でもミスすることあるんなら、オレだってミスしてもいいんだって、ちょっと余裕が持てた。だから頬が緩んだのかも。それが、藤島をむかつかせたんなら謝る。悪かった。

「そういって頭を下げました」

早苗は目を丸くして、言葉を失っていたらしい。


トンビが鳴きながら空の高いところを旋回している。

全部のドリンクのボタンに赤い明かりが灯《とも》った自販機の前に立って、何飲むと聞く。美玖は「ごちそうになります！」と、さほど迷わずに期間限定の新茶のボタンを押す。

「店長は？」

「オレも」

と、登磨は同じお茶のボタンを押し、瑛太たちの分も同じものを買う。

「オレが早苗ちゃんを怒鳴ってたら、どうなってたんだろう。それか、瑛太が許さなかったら、どうなってたんだろうな」

「今一緒にテニスをしてなかったかもしれませんね」

美玖がコートを振り返る。緑のフェンス越しに中学生が見える。

瑛太は立ってラケットでボールをついていて、早苗はベンチに座って瑛太を見上げている。

声は聞こえてこないが、ふたりの口が交互に動いている。その横顔は汗でキラキラと光っていた。

「怒鳴らずにすんで何よりでした。彼女は自分で気づいて対処したんですから、もう前に進めますよ」

美玖が晴れやかな顔をした。

ベンチに戻ると、登磨は一番に真ん中に座った。すると、美玖が登磨の左隣にさっと腰を下ろし、瑛太が美玖の隣に座る。早苗は瑛太の隣に座りたがったので、登磨は少しずつ押しやられて結果端っこになった。

「ちょっとぉ、狭《せま》いんだけど。瑛太、もうちょっとそっち行ってくんない？」

「無理だ」

「向こうのベンチに行けよ」

「お前が行けばいいだろ」

「もおおぉ」

登磨が立ち上がって隣のベンチに移ると美玖がついてきて、瑛太もついてきて当然早苗もついてきて座ったので、単に全員で移動しただけになった。

「オレ、半分ケツが出てるんですけど、このままだと割れるんですけど」

「まともなケツってのは割れてるもんなんだよ」

左腕が窮屈なので、ベンチの背もたれに回したら、美玖さんに腕を回すなと瑛太に手の甲をつねられた。

「はいはい、店長も瑛太君も仲良く」

ウキウキした様子で、美玖が持ってきたバスケットを開け、サンドイッチを取り出す。

ポークステーキのサンドイッチは、葵レストランでみんなで作った。

軽く炙《あぶ》った豚肉を登磨がホイルで包むと、早苗が、どうしてそうするのか、焼き続けていたほうが早くできあがるんじゃないかと不思議がった。

「ずっと焼き続けていると、肉は痩《や》せておいしくなくなる。けど、休ませると、肉汁が肉に戻っていくわけ。そのおかげで、しっとりとしてふっくらしたステーキになる。ワンランク旨くなるには、休む時間が必要なんだよ」

早苗は登磨の講釈を真面目な顔で聞いていた。

みんなに配ると、「いーたーだーきーまっす！」と、かぶりつく美玖。登磨もかじる。

サンドイッチの具はポークステーキ、チーズ、レタス、胡瓜《きゆうり》、トマト。

瑛太も頬張る。口の中のものを飲み込んで、口を開く。

「旨っ」

先んじて感想をぶち込んだのは登磨。ジェノベーゼソースが肉汁と混じり合っておいしさを倍増させている。

瑛太が迷惑そうな顔を向けた。

「そういうとこだぞ、登磨。今は完全にオレのパートだったじゃん」

美玖が腹を抱える。

「あたし、今日、久しぶりにテニスで笑いました」

早苗が晴れ晴れとした顔でお茶を口にする。

「入部したての頃を思い出しました。初めてボールをラケットに当てた時、すっごくはしゃいだんです。トレーニングして打てるようになったらどんどんテニスが楽しくなってきました。努力なんて報われないっていじけてましたが、テニスを楽しめるようになったことが努力の報酬《ほうしゅう》だったんですね」

登磨は早苗を見た。

美玖が日向《ひなた》ぼっこをするくまのように、心地よさそうに目を細める。

早苗はサンドイッチを頬張った。

「うん、うん、よかったねえ」

登磨もかじり、お茶を口にする。瑞々しい甘苦さが肉に合う。

瑛太が大きくかぶりつく。

「旨い。こんなに旨いんだから、そりゃ縁起だってよくなるよな」

「みんなに、いいことが起こりますように」

美玖が、早苗にハイタッチを求めて手を掲《かか》げる。早苗は一瞬戸惑った顔をしてから、その手に手のひらを打ちつけた。

合わさる寸前、手のマメが見えた。

誰かを陥れようとした感情は一時的なものだ。気の迷い。幻みたいなもの。そんなあやふやなものに彼女自身も傷つけられた。

一方で、そのマメは現実だ。自分自身がコツコツと努力して作り上げてきたものこそが確かな現実で、真実だ。勝ち負けのような相対的なものではなく、これから先ずっと、太い背骨のように彼女を支え続けていく絶対的な味方になるんだ。

オープンキッチンに立つ登磨が手元から視線を上げた時、窓の外のA型メニュー看板の尾根に、キセキレイが舞い降りたのが見えた。胸の黄色い羽毛がそよぐ。つくづく、光から生まれたみたいな色をしている。尾根の間をつついては時折顔を上げて店の中に視線を注ぐ。

看板の横を佐々木のじいさんが通って、アプローチを上ってくるのが見えた。

ドアにはめ込んだ強化ガラスの窓から店内を覗いてのち、まいどー、と長靴を鳴らしながら入ってくる。

カウンターの定位置に腰を下ろすのを見守っていた美玖が、おしぼりを渡しながら「いつものにしますか？　ホット？　アイス？」と尋ね、佐々木のじいさんがひげをしごきながら「うーん、どっちがいいかねぇ」と検討する。

「佐々木さん、今日も菜園やってから来たんですか？」

佐々木のじいさんは馬場《ばば》缶詰工場と書かれたタオルで顔を拭いてから、おしぼりで仕上げ拭きする。

「うん、にんにくの茎《くき》摘みと食用菊《ぎく》の苗の植えつけ」

「お疲れ様です。収穫が楽しみですね。暑かったでしょう？　冷たいのがいいですかね？」

美玖が問う。

「そうね。アイス珈琲系のなんかがいいな。この間のがおいしかったから、今度は別のも試してみたくなっちゃった」

「カルダモンがいいすかね。スパイシーで疲れが取れますよ」

登磨は自信を持ってカルダモン珈琲を出した。

口をつけた佐々木のじいさんは「スキッとして旨い。でももうちょっと穏やかなほうがよかったかな」と感想を述べる。

「カルダモンに、チョコレートアイスを浮かべるのはどうですか？」

美玖が提案すると、佐々木のじいさんは、それいってみよう、と乗ってきた。

冷凍庫から大きなアイスクリームのボックスを取り出して、ディッシャーですくい取ると、珈琲に浮かべた。

「器用だねえ。美玖ちゃんほど器用なこぐまちゃんはなかなかいないよ」

「そうでしょう。何度も練習したんですよ。初めは壊しましたから」

「まあアイスクリームってのは、溶けるし、崩れるし、壊れやすいんだから」

「いえディッシャーのほうです」

握力を鍛《きた》えるハンドグリップのように、美玖がディッシャーをガチャガチャと握る。

「……壊れやすいからね」

佐々木のじいさんが逃げるように珈琲に口をつける。おっ、という顔をした。

「なるほど、旨いっ」

登磨は苦笑いして頭をかく。

「オレの見立てが外れましたね」

「登磨君はやっちゃんの血を引いてるんだから、今に、こっちがぐうの音も出ないほどぴったりのものを出せるようになるさ」

「そうです。そもそも、店長の作るのは全ておいしいんですから」

美玖が我がことのように胸を張った。


店を閉めて、レジの精算をし、営業中に手をつけていた明日の仕込みの続きをした後、いつものように一時間ほどジョギングをした。

戻ってくると、シャワーを浴びて簡単な食事を摂り、二階の自室に上がった。

ベッドに腰かけてスマホを出す。

走りながら考えていた。

四人でテニスをした昨日から、蘭にあのことを打ち明けるかどうかを。

早苗には、「また向き合えるようになるよ」といったものの、翻《ひるがえ》って自分はどうなんだ。

料理で正しくないことをした事実を、隠したままで本当に向き合えているのか。

去年のことだが、瑛太と美玖に一連の事情を明かしたことで、自分の中では手打ちにしたつもりになっていた。それなのに、ずっと胸の中にあるのは、料理で生きていこうとしている自分が、あれを彼女に話さないまま一件落着はないと分かっているからだろう。

一方で、今更という気がしないでもない。

蘭はとうに忘れているかもしれない。蒸し返して彼女の気分を害することになるかもしれない。……いや。あのひとは今幸せなはずだ。幸せなら、そう簡単に過去のことで、今の幸せが害されることもないだろう。

走り終わる頃、心は決まった。

披露宴を行った際、何かあった時のためにと控えていた蘭の電話番号を表示する。つきあっていた時とは別の番号だ。

彼女は電話番号を変え、結婚して海外へ渡った。遠くなった。

遠くなった今だから、かけられる。

ひとつ、息をつくと、番号を押した。

スマホから蘭の声が聞こえた。こっちの番号が表示された電話に出たということは、話す気があるということだ。

今いい？　と聞くと、何、とぶっきらぼうな返事が来る。強張っているような気がした。とはいえ、彼女と再会してから八ヶ月ほどたつ。その間一度も声を耳にしていないから、元からこんな口調だったのかもしれない。それか、オレがそう受け取っているのだろうか。

登磨は、いきなりで悪いんだけど、と断って、自分が蘭の前から姿を消した当時の話を切り出した。

あの夜、登磨が勤めるレストランにやってきた蘭は、卵抜きのパスタをオーダーした。彼女は割れた卵から出てきたヒナになりかけの生きものを見てから、卵が苦手になったからだ。その店では、個々のそういったリクエストにも対応していたのである。

厨房に詰める登磨は、オーダーする前のお客さんの顔を見ることはない。誰が何を食べるかなど知らぬまま、オーダーをただ作るだけである。

折り悪く、卵抜きパスタの生地のストックを切らしていた。一から生地を作るとなると時間がかかる。大忙しの厨房で料理長は、アレルギーを持っていないのなら、ストックしてある卵入りのパスタ生地をこっそり使うよう指示した。登磨は反発したが、結局は従わざるを得なかった。

とはいえ、料理長のせいばかりにできない。馬鹿な上役に従った自分は、上役より馬鹿だったのだから。

やってしまったことに、食を信じてきた自分はなんだったのかと情けなくなった。信念が揺らいだ。己に嫌気が差した。合わせる顔がなくなった。

登磨はそう、一気に打ち明け、謝った。

『は？』

聞き終えた蘭の第一声である。

切れ味抜群の「は？」である。

『何、マジで』

ごもっともな切り返しだ。

『何それ。たったそれだけでレストラン辞めてあたしの前からいなくなったの？』

「たった……。オレにとっては『それだけ』ですまされることじゃなかった」

とことん料理馬鹿だわ、と吐き捨てられた。

『あんたの着信を見た一瞬、ぐらついてしまった自分が情けない。あんたは鬱屈《うっくつ》してたものを吐き出してすっきりするかもしれないけど、聞かされたこっちの気持ちはどうなるの』

「ごめん、やっぱり卵を誤魔化されたらむかつくよな」

そっちじゃない、といってきた。そっちじゃないって、どっちだよ、と問い返す。

スマホから、ため息が聞こえた。懐かしさを伴っていたが、今そこに、ぬくもりはない。

『もういい』

「？　もういいって？」

『料理を誤魔化した自分自身が恥ずかしくなったから逃げたってわけね？』

口調が若干軽くなった。気分を改め、話の方向も変えたのは分かったが、「そっちじゃないほう」の話がなんなのかは依然として不明。

「恥ずかしい、か……。確かにそうだな。それであなたとやっていく資格を失くした」

『あんたはさ、つき合ってたあたしたちの間に、資格とか、そういう事務的な言葉をあてがうんだもんね』

　蘭のいいたいことが読めなくて、登磨は黙り込む。

『で、あれからどうしてたの』

「どうしてたもこうしてたも、無職になって引っ越して、しばらくして兄貴に持ちかけられたレストラン開業の話に乗った」

　スッと息を吸う音が聞こえた。間がある。相手を刺す前の一拍に感じられた。どんな言葉でも全部受け止める覚悟《かくご》をする。

『感情を一切交えず、まるで業務連絡のように簡潔にまとめてくれてありがとう。――で、あたしたちどれくらいつき合ってた？』

　予想外の返しに、頭が追いつかない。

「え？　ええと……」

　覚えていない。

『三か月。あたしの好きな花は？　好きな動物はサイとカバのどっち？　ふたりで初めて行った場所は？』

「ええと、それ思い出す意味ある？」

『あるわよ』

「好きな花はぁ……あーえー、動物は、サイ、かな。行った場所は……」

『あたし花は好きじゃない。好きな動物は猫《ねこ》』

「うおい」

『行った場所は調味料博覧会。長くはなかったし惚《ほ》れた弱みもあったんでしょ、当時は気づきもしなかったけど、今なら分かる。あんたは料理のことしか頭にない。ひとに対して鈍感すぎる』

ふいに、料理自体は完璧に作り上げられると自負しているものの、食べるひとが欲している味を見抜けない自分が頭をよぎった。

登磨はこぼしそうになったため息を、飲み込む。ため息をつける立場じゃない。

『怒った？』

「別に。怒っちゃいないよ」

『怒ったよ今』

思いがけず、蘭が笑った。

『やだ。これ、なんて会話？　終わった関係の会話じゃないよ』

でも終わったのよ、とっくに、と蘭は続けた。

「……今、幸せだよな？」

『はあ？　何そのやっすい言葉。幸せかどうかなんて考えたことないわよ』

電話の向こうで、キィと細く軋む音がしたかと思うと蘭を呼ぶ男の声がした。はーいと返事をする蘭の声が遠ざかる。

登磨は顔をほころばせた。なぜ笑ったのか、自分でも分からない。

『ほぼ毎日、考えるのは』

声が戻ってきた。

『今日みたいな日が続いていけばいいってこと。それだけ』

窓の外に目を向けてゆっくりと呼吸した。こっちは星が瞬いているが、向こうは昼下がりだ。別の時間を生きているんだ。

「突然、変な電話して悪かった。今日は、聞いてくれてありがとう」

旦那《だんな》さんによろしく。とつけ加えかけて、余計なことだろうと思い直し「じゃあな」といい換えた。

少しの間があった。登磨が切ろうとした時、

『本当に申し訳ないと思ってるなら、お客さんを唸らせる料理を作り続けなさいよ。あんたはそれが全てなんだから』

と返ってきた。

返事をする前に『じゃあね』と蘭がいって、電話は切れた。

機械のそっけない信号音が聞こえてくる。

わずか数分の告白によって自分でも思いがけないほど、ほっとしていた。謝罪できたことにも、彼女が幸せなことにも。

スマホを切る。

静けさが耳に染み、窓を開けた。

夜の鳥が鳴いている。
梢が揺れる。
風が湿っていた。
蛙《かえる》の声がにじむ。
葉の匂いがした。
壁に背を預けた。深く呼吸をして目を閉じた。

第二話

お盆の頃　こんがりチーズの焼きおにぎり

八月の午後の日差しが、閑散《かんさん》とした広い駐車場に注《そそ》ぐ。

雨や曇りの日の駐車場よりも、晴天の日の駐車場のほうが、寂々《じゃくじゃく》としており、また手持ち無沙汰《ぶさた》感が強い。

停まっているクルマの持ち主は、レストランのひと組のお客さんと、ほかは登山者だ。

お盆初日は、午後から客足が減る。墓参《はかまい》りをしたり、帰省してきた親しいひとたちと家で過ごしたりするから。

☆季節のおすすめ☆
新郷村《しんごうむら》産「銀の鴨《かも》」のステーキ　トマトとバジルソース（店長のように爽《さわ》やか風味で旨《うま》味《み》たっぷりの鴨肉です）
夏野菜のカポナータ（揚《あ》げた茄子《なす》などの野菜を甘酸《あまず》っぱいトマトベースのソースで炒《いた》め煮《に》。夏バテに店長の笑顔とともにどうぞ！）
枝豆の冷製スープ
アスパラのムース　こぐま手絞《てしぼ》り桃《もも》果汁入りの生クリーム添え

クーラーの利いた店内に、登磨《とうま》の鼻歌がかすかに流れている。

珈琲《コーヒー》を飲んでいるお客さんが帰ったら休憩《きゅうけい》に入ろうと、もうもうと湯気《ゆげ》の上がる鍋《なべ》で賄《まかな》いのパスタを茹《ゆ》で始めた。

背後からも鼻歌が流れてくる。お盆だからお経に寄せている雰囲気《ふんいき》がある。

唄《うた》い手……歌い手の美玖《みく》はこちらに背を向けて、少し高めの調理台の前に仁王立《におうだ》ちになっていた。調理台の上には、ふたつのガラスの器《うつわ》に入った薄緑色のアスパラのムース。賄いのデザートを用意しているのだ。

彼女にデザートを任せてはいるが、時々妙なものを作る。今日も登磨の苦手な野菜を使った代物《しろもの》だ。だが、お客さんの受けは良かったりするから侮《あなど》れない。

「そのデザート、オレはいいよ」

「ダメです。野菜はちゃんと摂《と》りましょう」

「じゃあその半分で手を打とう」

「ラジャ」

といった美玖は、ムースを追加した。美玖には「半分に減らす」という言葉が「倍に増やす」に聞こえる時があるらしい。それは特に、賄いにおいて顕著《けんちょ》である。

肘《ひじ》を突っ張らかして、地元の桃を握力《あくりょく》の赴《おもむ》くままに握り潰《つぶ》し、果汁を混ぜた生クリームを詰めた絞り袋をかざした。

いつでも楽しそうだが、賄いとなると彼女はことさら幸せそうだ。生きがいといってもいいくらい。

見ていて思わず頰《ほお》が緩《ゆる》む。

ふっくらした手でほんのり色づいたそれを力の限り絞って、大きく腕を旋回《せんかい》させる。そんなに動かしたら楽しいことになるよ、と期待しつつ登磨はパスタ調理に戻る。

「あっ」

美玖の声に振り向くと、彼女は深く頭《こうべ》を垂《た》れて黙考《もっこう》している。後ろから覗《のぞ》き込んでみれば、崩《くず》れたホイップクリーム。

「お。会心の巻きグ……」

「入道雲です、失敗しましたけど」

ソ、までいい切る前に、美玖に語尾を引き取られた。

お客さんが席を立つ。美玖が絞り袋を手放し、レジに立つ。精算し、見送りのために表に出ていく。休憩前の最後のお客さんなので、登磨も表に出て見送った。

登磨たちが店に戻ろうと踵《きびす》を返した時、背後でクルマのエンジン音が聞こえた。

振り返ると、白いワゴン車がゆっくりと進んでくるところだった。駐車場の白線の内側にぴたりと入る。助手席のドアに『馬場《ばば》缶詰工場』と、ペイントされてあった。

運転席から降り、近づいてくる男を見て登磨は笑顔になる。

「おお、馬場」

小中学校の頃に同級生だった馬場健《たける》だ。浅黒く日に焼けてガタイがいい。背丈は百八十センチの登磨と同じくらいだが、がっしりしているので大きく見える。

以前は嫁《よめ》さんと一緒に来てくれたが、最近はひとりが多かった。

今日、馬場に続き後部座席から降りたのは、彼より頭ひとつ分小さな中年女性。ふっくらとした体型を紺色のワンピースと白のサマーカーディガンで包んでいる。白髪染《しらがぞ》めの髪が時間がたって赤っぽく見えた。細かなしわが寄る垂れ目が、馬場にそっくりだ。何度か来たことのある馬場の母親である。

その母親に手を引かれて降りたのは、ちんまりした緑色の老婆。口をもぐもぐと動かしている。

「おっ、河童《かっぱ》か？」

「ひとの祖母を妖怪《ようかい》呼ばわりはないだろ」

ゆっくりとやってくるおばあさんは、若苗色のブラウスと足首丈のわさび色したスラックスを身につけていた。背が丸まっていて、ヒョイと首を前に出している。

馬場缶詰工場は、婿養子《むこようし》の父親が社長となり、農家や家庭菜園をしているひとたちから頼まれて農作物や山菜を缶詰にしている。それらは販売用や自家消費用となる。ラベル作成も引き受けていて、ナチュラルな風合いのものや、ぬくもりのある可愛《かわい》らしいものなど様々なデザインを提供していた。

馬場母が、美玖と登磨に「いつも健ともどもお世話になっております」と頭を下げるので、登磨はバンダナを取って、美玖とともに「こちらこそ」と腰を折った。

「いらっしゃいませ。どうぞ」

美玖がドアを開ける。

「すみません、ひょっとして休憩中でしたか？」

馬場は美玖の口元に注目している。彼女の鼻の下には薄桃色の生クリームがついていた。こぐま従業員は顔を伏せて、ふかし饅頭《まんじゅう》のような拳《こぶし》で口元をさっと拭《ぬぐ》う。

馬場は後頭部に手をやって登磨に申し訳なさそうにいう。

「この時間に来たのは初めてだったから、休憩時間が分からなかった。出直すわ」

「せっかく来てくれたんだ、入れよ。しかも、おばあさんも川から連れてきてくれたんだろ」

「河童じゃない」

この時、美玖のお腹《なか》から、一刻も早く飯をよこせという催促が鳴り響く。美玖はエプロンのお腹のあたりを握ってそろりと登磨の後ろに隠れた。……はみ出ている。

「腹が減るのは元気な証拠《しょうこ》。馬場、オレたちも食べてもいいか」

登磨は美玖にいってから、友人に確認した。

「ああ、そりゃもう、もちろん」

馬場が頷《うなず》くのを待って、登磨はドアに下がっている「ＯＰＥＮ」の札《ふだ》をひっくり返した。

馬場家を招き入れる。よちよち歩きのおばあさんの手を、馬場母が握っている。美玖は反対側からおばあさんの手を取る。

おばあさんは、口のもぐもぐをやめ、しわに埋もれた小さな目で美玖をまじまじと見て、大声で「おや、千代《ちよ》ちゃん。あんたここで何してンの」と驚く。距離と声量がアンバランスで、発生練習のようだ。

「青木《あおき》美玖といいます」

美玖は、ゆっくりと名乗る。

「やぁ。からかっちゃって。千代ちゃんだっ」

「お母さん、千代さんは何年も前に亡くなったでしょう?」

馬場母は、疲れの浸《し》みた微笑《ほほえ》みでいい聞かせた。

おばあさんは目をパチクリして、それから半信半疑な顔をする。

「あたしと千代さんが似てるのかもしれませんね」

美玖がおばあさんをフォローする。

「そうかい、千代ちゃんでねかったのかい」

しょんぼり肩を落とすも、すぐにカウンターキッチンに立つ登磨に目を向けると、すり足の狭《せま》い歩幅で近づいてきた。

ツンとした臭いが鼻を突く。

おばあさんは、ちっこい目をいっぱいに見開き、その色素の淡い瞳《ひとみ》に登磨を映《うつ》した。

「あら。これはこれは明智《あけち》の旦那《だんな》さん。いつの間に板前さんさなったんだい。あんた、やっちゃんと農家ばやってらったべ」

見事に間違えている。やっちゃんと農家をやっていたのは祖父だ。登磨が小学校の頃に死んだ。いつも鼻歌を歌っていたのんきで陽気なじいちゃんで、晴れの日でも長靴《ながぐつ》を愛用していた。

ばあちゃんを知っているということは、カラオケスナックに来店したこともあるかもしれないが、登磨は記憶《きおく》にない。そもそも、ひとりひとりのお客さんに興味を持つことはなかった。

馬場が「おばあさん、人違いだよ」とたしなめるも、それには無反応。母親がおばあさんを押さえるように手を添え、登磨に詫《わ》びるような目を向ける。

「お久しぶりです。ええと」

登磨はにこりとして、

馬場に視線を移すと、小声で「ハナ」とおばあさんの名前を教えてくれた。

登磨は少し身を屈め、ハナさんと目線を合わせる。

「ハナさん。お元気でしたか」

「おう、元気さなった」

「春先に風邪《かぜ》をこじらせてな、今日、退院したばっか。家に帰る前に旨い飯でも食って、快《かい》気祝《きいわ》いしようってことになったんだ」

馬場が小さなハナさんを見下ろして苦笑いする。まなざしは穏やかだ。

「そうか。退院おめでとうございます」

馬場に頷き、ハナさんに微笑みかける。

「ありがっとう。やあ、いかった会えて。あんたさ、じぇんこ返さにゃいかんかった」

それぞれがおかしな方向へ曲がる節くれだった指で、絣《かすり》の巾着《きんちゃく》の紐《ひも》を解《ほど》く。紐通しの穴の部分と紐は、すり切れて毛羽《けば》立っていた。

取り出したがま口財布は、かぼちゃのようにのっしりと膨《ふく》れている。ジャラリと音がした。

お母さん、と馬場母が、巾着袋を握るハナさんの手を押さえる。

登磨は首を横に振った。

「お金なんて貸してませんよ」

が、ハナさんは聞かない。

「いや、あんた忘れてんだ。あの時はつくづく助かったよ。おかげで童《わらし》さ、まんまかせでやれた。ねぇ？　お姉ちゃん」

と、馬場の母親を見上げて確認する。

かせる、とは、こっちの方言で、食べさせるという意味だ。

馬場の母親は、眉《まゆ》を八の字にし顔を赤くし、何かに耐《た》えるような表情をした。

登磨は思い出したように手を打つ。

「あ、そうそう。忘れてました。でも、とっくに返していただいたんで、大丈夫ですよ。お子さん、お腹いっぱい食べられましたか？」

馬場親子が登磨に意表を突かれた顔を向けた。

ハナさんが手を止めて、面持《おもも》ちをやわらかくする。

「ええ、ええ。おかげさんでした。助かったよ。本当にありがとね」

「お互い様です」

「んだな。オラは、はあ、貧乏《びんぼう》してねすけ、困ったらいつでもいうんで？　すンぐ助けるすけ」

優しく諭《さと》すようにハナさんは告げる。

親子がほっと息を吐いて、馬場が登磨に、話を合わせたことの礼を目で伝えた。馬場母はハナさんを見て目を細める。

「ところで、やっちゃんは元気かい」

「……ええ、おかげ様で」

「孫っこがいたっけね。ほれ、頭がいくてしっかり者って、やっちゃんがへってらったべ」

「ああ、登磨のことですね」

「登磨？　はあって名前っこは分かんねども、上の子だ」

「涼真《りょうま》っすか……」

兄は確かに頭がよくてしっかり者だ。よく比べられた。

「どうやってらべ」

「元気っすよ」

「そりゃいがった。それと、下の子。やっちゃんがそばさ置いて、めんこがってらったべ。料理がてぇへんだ上手《じょうず》だ」

「料理の天才といえば、まさに登磨のことですね！」

自分でいうか、と馬場のツッコミは聞こえなかったことにする。

「どやってら？　やっちゃんが心配してらったども」

また、孫自慢による心配だろう。登磨の気持ちは明るくなる。

「登磨のやつは元気で店をやってますよ。で、やっちゃんは、何を心配してました？」

「あんた、やっちゃんから聞いてねの」

「はあ、聞いてませんでした。教えてください」

登磨が期待しながら頼むと、ハナさんは目を閉じた。まぶたに乾《かわ》いたしわがたくさん寄る。その下に、古い記憶がしまわれているのだろう、見つけ出そうとするかのように目玉が動くのが分かる。

「やっちゃんがいうにはよ、『あの子は腕も物覚えもいい。段取りもできる』」

うん、うん、と登磨は頷く。ばあちゃんはよく見ている。

「『したども、ほかさもっと大事なものがある』」

登磨の顔から笑みが引いていく。視界の端で馬場がハナさんの袖《そで》を引いたのが見えた。

「……もっと大事なものってなんですか」

「はぁて、なんだべ。ともかく、『孫が気づくのば待ってんだ』っていってらった」

「お母さん、そろそろ座りましょう」

馬場母が、どちらかというと登磨に気を遣ってハナさんを促した。

普段は、空いている席に自由に座ってもらうスタイルだが、美玖が「お席にご案内します」とハナさんの手を引いてサポートする。

ハナさんを見やって、馬場が抑えた声で謝る。

「ごめん、記憶なのか妄想《もうそう》なのかごっちゃになってることがあるから、あまり気にするな」

登磨は頷いた。

美玖が向かおうとしている席には、窓辺にキセキレイがいた。店内を覗き、時折首を傾《かし》げる仕草をする。逃げずに、自分のほうへ向かってくる美玖たちを見つめている。

ハナさんは席に着くと、キセキレイに話しかけ始めた。

「とうに完済した借金を返そうとするんだよ。しかも誰彼構わず」

馬場の口調は、我《わ》が子《こ》のちょっとした悪癖《あくへき》を話す父親のそれのようだ。

「返したことを忘れて、未《いま》だに借金に追われてるんだ。どうせなら借金したことも忘れてくれりゃあいいのに」

「金を借りたことが心に刻まれてるんだな。ハナさんにとって、借金のハードルは高かったんだろう。プライドもあったろうし」

「オレだって借りてるけどさ、工場のなんやかんや。そこでいちいちハードルだのプライドだのいってらんないよ。頭下げて金貸してくれって頼む時に、感情は混じらないな」

　小中学生時代の馬場の印象は、覚えている限り、恥《は》ずかしがり屋でみんなから一歩下がっているやつといったところ。決して前に出ることはなかったが、彼の姿はみんなに耐震《たいしん》住宅のような安心感を与えていた。それが今や、専務として父親の右腕となって営業したり従業員を束ねたりしているのだから、変わるものである。

　確かに、経営者側に立つと、周囲に安心感を与える存在でありさえすればいいというわけにはいくまい。経営陣としての馬場の自覚と覚悟《かくご》に、登磨は感心する。

　オレはどうだ。その覚悟があるのか。

　馬場はテーブル席へ行き、ハナさんの隣に腰を下ろした。ハナさんの正面に馬場母が座っている。空いている隣のイスにバッグを置いていた。

　馬場母がハナさんに、何食べる、と聞くと、ハナさんはメニューを見ることなく、にぎりまんま、とリクエストする。

「お母さん、お米好きだものね。入院中ずっとお粥《かゆ》ばっかりで物足りなかったでしょう」

　登磨の脳裏に、ベッドの上の祖母が浮かび上がった。

——食いてもんば、かねで死んじまって、なんの人生だ、ってばあちゃんがいってたな。

「やっちゃんが作ってくれたやつが、てぇへんだ、んめがったんだ」

「どんなおにぎり？」

　馬場母が尋ねる。

「焼いたやつ。ソーソーする、ほれ、あれが入って、あれ、ノビル」

「ええ？　ソーソーするって、薄荷《はっか》系ってこと？　ノビルってニラみたいな草のこと？」

　このあたりのみの方言なのか、ソーソーするというのは鼻通りがよくなるとか、爽快感の表現だ。

「昔のことはよく覚えてるなあ」

　馬場が舌を巻く。

「でも、そんなのメニューにないからさ、ここに書いてあるのを頼もうか」

　ハナさんの肩に手を置き、顔を覗き込んで説得しようとするが、彼女は「んめがったんでえ」と過去に思いを馳せるばかりで会話にならない。

「できますよ」

　登磨があっさりと請け負うと、心ここにあらずだったハナさんが、スイッチを切り替えたようにパッと顔を向けた。

「そのおにぎりなら多分知ってます。よく祖母が作ってくれたのは、チーズと燻製《くんせい》肉を具にした生姜《しょうが》味噌《みそ》の焼きおにぎりです」

「なるほど。確かにそれならソーソーしてるし、ノビルってのはチーズが伸びることをいってるんだな。さすが登磨。助かる」

　馬場が頬を緩める。眉が濃く、鼻も大きくてベース型のがっちりした顔が笑うと、やはり安定感がある。

レシピの記憶を手繰《たぐ》り寄せながら冷蔵庫《れいぞうこ》を開け、新郷村から取り寄せたブランド鴨肉の「銀の鴨」の燻製を取り出す。これを、お年寄りでも食べやすいように細かく刻んでいく。この肉は臭みがなく、凝縮《ぎょうしゅく》された旨味と深いコクが特徴だ。脂《あぶら》はさっぱりしているので、病み上がりのハナさんの胃腸《いちょう》にも負担がかからないはず。

　馬場が登磨の手元を覗き込む。

「悪いな、無理いって」

「全然。いわれて思い出した。久しぶりにその料理に会えるからオレも懐《なつ》かしいよ」

　フライパンでこんがりと炒める。

「そういってもらえると気が楽になる。お前、変わってないな。そういう風に、いいよっていってくれるところとか、融通《ゆうずう》を利かしてくれるところ」

「そうか？　ばあちゃん譲りってことだな。ばあちゃんはリクエストを受けてお客さんの好みの味にしたり、お客さんを見て、味を変えたりしてた」

　料理は常にフローだった。

「ふうん、こっちはそうしてもらえるとありがたいけど、お前は融通ばっか利かせてて大変じゃないか。オレは依頼を断ることもあるよ」

「そりゃ君んとこは、機械でカチッと決まってんだから無理なこともあるだろ。うちはひとがやることだからな、決まったものなんて特にないんだ。緩くやらしてもらってる。だもんで、大変ってことはないな」

「やっぱお前はお前だわ」

「そりゃそうだろ、オレはオレ以外にはなれないよ」

馬場は眩《まぶ》しそうに顔をしかめて笑う。

「いろんなことがどんどん変わってっちまってさ、変わってないやつがいてくれると安心するよ」

すりおろした生姜と味噌を混ぜる。基本はこれだったはずだ。こっからハナさんに合わせて、どういう味にしていったんだろう。

かつて、入院中のばあちゃんが焼きおにぎりを食べたがったので、作ったことがあった。ばあちゃんが作るのを見ていた登磨は、覚えている通りに作ったが、ばあちゃんの感想は、何かもうひとつ、だった。

健康な時とは味覚が変わる。健康な自分が旨いと思っても、体調が悪いばあちゃんにとっては、そうではなかった。

ハナさん自身、ばあちゃんのおにぎりを食べてから時がたち、変化してきている。体調も当時のままじゃない。ハナさんの環境も当時と違う。見ている景色も、座っている場所も違う。

ということは、たとえ、かつて食べたおにぎりと同じものを出したとしても、記憶と合致《がっち》していると思えるかどうかだ。あくまでも、今のハナさんが味わい取ったものが、当時と同じだと思わせなければならない。

入院して濃い味に飢《う》えていたわけだし、味覚も鈍感になってきている。

そこで登磨は、はちみつをひとさじ加えた。

味を見る。これに塩気のある鴨肉とチーズが混じり合うので、味の完成形を想像するが——オレにとっては甘すぎるな。

小さじですくって、アスパラを洗っている美玖に差し伸べる。

彼女は、濡れた手をシンクにかざしながら、首を伸ばしてパクリとやった。眉を上げて笑みを見せる。

「おいしいです」

登磨はチラッとハナさんを見る。キセキレイに向かって、鼻の下にしわを寄せて、チッチッチと唇《くちびる》を鳴らしていた。

病院に鳥は来たのだろうか。知り合いは、見舞いに来てくれただろうか。

毎日三食病院食を食べてきたのである。やっと解放され、好きなものを食べられるのだ。

最近の入院食はおいしくなっていると聞いた。それでも、病気の治癒《ちゆ》を第一優先とした食事である。レストランのそれとは根本が違うのだ。体が喜ぶものも大事だが、そればかりでは味気ないだろう。舌も喜ぶものがいい。食事で気持ちが上がってほしい。

「もうちょっと甘くしたほうがいいかな」

問うと、美玖もまたハナさんを見て、大きく頷いた。

「それは大賛成です」

味に深みを出し、まろやかな甘味があるみりんを、ひと垂らし。再度美玖に味見をしてもらう。

「バッチリです」

顎《あご》の力も弱くなっているはずだ。ならば、と、ご飯を茶碗《ちゃわん》に取って日本酒を振りかけレンジで蒸《む》す。やわらかくなったご飯を手のひらに取ったものの、小さなハナさんに合わせてご飯を減らす。

美玖と目が合う。彼女はにっと心強い笑みを浮かべた。

フライパンにオリーブオイルを垂らして火をつける。味噌を塗《ぬ》ったおにぎりをふたつ並べる。

じさまは家っこかい？　おにぎりが焼けていく音の間を縫《ぬ》って、ハナさんが馬場母に問う大きな声が聞こえてくる。

馬場が席に戻る。

「うん、おじいさんは家で待ってるよ」

馬場がハナさんから目を逸《そ》らし、ひと筋ふた筋と水滴《すいてき》が伝い落ちていくグラスに目を向ける。

「帰ったらお盆の準備しような」

「ああ、お盆な。したら胡瓜《きゅうり》で馬っこば作んねば」

「おばあさん、誰のお盆だと思う？」

「とっちゃと、かっちゃだ」

「おばあさんのお父さんとお母さんかぁ。まあ、間違っちゃいないか」

サラサラと流れていく会話を聞きながら、おにぎりが発するチリチリ、ピリピリと焼けていく音にも注意を払う。炙《あぶ》られた味噌の香ばしい匂いが立ち上《のぼ》ってくる。

表面がこんがりと炙られ、パリパリのおこげが色よくついたおにぎりを、皿に取った。

美玖が配膳《はいぜん》する。

「ありがとう美玖ちゃん。じゃあ休憩な」

「はーい」

彼女は温め直した賄いのボロネーゼソースを、茹でた平打ちパスタにたっぷりかけると、馬場一家の元へ行った。人懐《ひとなつ》こく、ご一緒してよろしいですか、と聞く。

美玖は、特に馬場母の年代の女性が好きだ。登磨の母にも懐くので、母も美玖を何かにつけて気にかけている。

どうぞどうぞ、と馬場母が隣のイスからバッグを退《ど》け、イスの背もたれにかける。

登磨は馬場親子オーダーのパスタを茹で麺機《めんき》に入れ、タイマーをセットする。

茹でている間に、ミズのサラダに取りかかる。裏の沢で採ったミズは、透明《とうめい》感のある翡翠《ひすい》色でシャキシャキとした歯触りがあり、山菜とは思えぬほどえぐみやクセがない。食べられる清水のようなものだ。

ラディッシュのスライスを加えて、塩をガリガリと削る。クーラーをつけているとはいえ、キッチン内はそれなりに熱がこもり、汗をかく。何も考えずに味つけすると、塩気が強くなるので気をつけなければならない。少し足りないくらいでやめて、柚子胡椒《ゆずこしょう》でさっぱりと和《あ》える。

揚げ茄子メインのカポナータは、昨夜作って、冷蔵庫で味を落ち着かせておいた。口の広いガラスの器に盛りつけ、パルメザンチーズをたっぷり振って、フレッシュなバジルを散らす。

ハナさんが生姜味噌おにぎりにかぶりついて、顔を輝かせた。んめ！　これだこれだ、やっちゃんがかせでけだのは。んめなあ、と舌鼓《したつづみ》を打つ。

登磨は目を細めてハナさんを眺《なが》めた。ただでさえ喜んでもらえるのは嬉《うれ》しいが、それがばあちゃんの料理だというと、嬉しさはひとしおだ。

「こんなにおいしそうに食べるおばあさんを見るのは、久しぶりです」

馬場が美玖に説明している。

登磨がカポナータを運ぶと、ハナさんが興味を示した。

「この料理はなんちゅう？」「カポナータです」「この赤《あけ》ぇの、なんだべ」とトマトソースをちょっと味見して、顔をしかめ、要《い》らね、と皿を押しやる。登磨は自分の料理に不手際があったとは思わないので、なんら動揺することなく静観している。

馬場母が、

「母は、トマトが苦手なのに、父が好きだったからせっせとトマト料理を作り続けてきたんです」

と、なんともいえない顔でハナさんを見守る。

「よっぽどおじいさんのことが大切だったんですね」

美玖が加わる。すごく自然に会話に入っている。

「これ、じさまさ、かせてぇな。持って帰っか」

ハナさんが馬場母にいう。

登磨が、テイクアウトご用意致しましょうか、と聞くと、馬場母は、お願いします、おいしいから、家でも食べたいです、といった。

「おじいさんがまだ生きてると思ってるんですよ。三年前に亡くなったのに」

馬場が美玖に教える。

「大切なひとなら、三年たっても十年たっても生きてると思いたいです」

美玖がハナさんの気持ちに寄り添う。登磨は美玖をちらりと見る。

「そう思われている旦那さんも幸せですね」

登磨はいう。美玖の視線を感じる。

「ええ。認知症が明らかになった時、工場運営と生活に追われる日々の中で、ほとんど楽しみらしい楽しみもなく、家族のために生きてきた人生の終盤《しゅうばん》がこれかと胸が痛みました。でも、父が亡くなったことまで忘れられただけでも、この病気にも意味があるんだと、今なら思えます」

馬場母は深いまなざしをハナさんに注ぐ。

「母が生きている限り、父も生きているんですね」

ハナさんは、周囲の声が耳に入っていないのか、真顔になって一点を見つめ、もっつもっつとおにぎりを食べていく。

馬場がカポナータを口に運ぶ。んまいなあと味わっているのを見たハナさんが「そったにんめのか。んだば、どれ、ひとつよばれてみっか」と、たった今嫌いだと放言したものに箸《はし》を伸ばす。

口に入れ、顔をしかめる。

見守る周りがほのぼのと笑う。

そうすると、ハナさんも曖昧《あいまい》な笑みを浮かべる。

ハナさんは次にミズのサラダに箸を伸ばし、また、すっかり忘れたトマトソースをつついて顔をしかめ、じさまさ持って帰る、というくだりを述べることを定期的に繰り返す。

「ほら、おばあさん、ゆっくり食べよう。変なとこ入ってむせちゃうから」

「また入院することになるわ。あ、こぼした」

登磨は洗い物をしながら、中学校三年の夏の終わりに死んだばあちゃんを思い出していた。

ばあちゃんに、病気と闘《たたか》ってくれとか、病気に打ち勝ってくれとかは、いえなかった。

ばあちゃんの病気はばあちゃんの細胞が変化したものだから、いえなかった。

あの夏休みの午後――。

脈絡なく、鳥追いの空砲がどーんと鳴り、底の抜けたような空にこだました。

ばあちゃんは町の総合病院の五階に入院していた。

何十年も院内をただひたすらに循環《じゅんかん》し続けてきたような空気は、消毒液と病気の臭いが溶け合って、とろみを帯びている。

登磨は白いスライドドアの前でマスクをつけ直し、備えつけの消毒液を手に吹きかけた。中に入り、風が通るくらいの隙間《すきま》を確保してドアを閉める。

病室は、ひとりでは持て余すほど広い。その窓際にベッドがぽつんとあり、もう自力で座っていられなくなったばあちゃんは、リクライニングベッドの背を起こしてもたれ、夏の葵岳《あおいだけ》を愛《め》でる日々。

ばあちゃんに「来たよ」と声をかけた。ばあちゃんが頭を枕にこすりつけるようにしてこっちを振り向き「おう」と顔いっぱいにしわを集める。

登磨はベッドのかたわらの、座面がお尻《しり》の形にくすんでいる布張りのひとり用ソファーに腰かけた。これまでに何人くらいが自分と同じようにこのソファーに腰を下ろして、病気のひとを見舞ってきたのだろう。

登磨をとっくりと眺めた後、ばあちゃんは改めて窓に顔を向ける。

周囲に高い建物がないため、病室からの眺望を遮《さえぎ》るものはない。

はめ殺しの窓の向こうには、鳥避《とりよ》けの猛禽類の模型を吊《つ》るしたまだ青いリンゴ畑や田んぼが、のんびりと広がっている。それらの奥には深緑の葵岳がそびえ、その腹のあたりを横切る高架橋を、貨物列車や一両編成の電車がゴトゴトと渡っていく。

口に出しはしないが、毎日見て飽きないのかと思う。それよりテレビとか見てたほうが面白いんじゃないの、と。

登磨の心を見抜いたみたいに、ばあちゃんがいった。

「あの山は、みんなさめんこがられでる。あたしも若い頃、じいさんとよく登ったもんだ」

「ばあちゃん、じいちゃんのこと好きだったんだな」

「ね！」

同意の「ね」ではなく、力いっぱいの否定である。照れであるのは一目瞭然《いちもくりょうぜん》。なぜなら登磨が、

「でも、じいちゃんの甚平《じんべい》着てたじゃん」

というと、ばあちゃんはひゃははと笑ったから。

店に立つ時は割烹着《かっぽうぎ》を着けていたから客の誰も気づかなかったが、自宅でくつろぐばあちゃんがはいていた甚平のパンツには、社会の窓があった。夏場には開いていて、抜群の通気性を誇っていた。

開いてるよ、と教えると、

「熱中症さなれば、てぇへんだへでな」

ばあちゃんは世の理《ことわり》を説くような澄まし顔で、そういってのけて、登磨を笑わせたのだ

った。

その甚平と交互に着ていたのは黄色いくまのキャラクターがプリントされたパジャマで、母がプレゼントしたものだ。ばあちゃんはもらうとすぐに身につけ、「いや〜、めんこい狸《たぬき》だなあ」と嬉しがり、母を「何をあげても喜んでくれる」と笑顔にした。

「昨日、あんたの親父《おやじ》も来たっけ。叱《しか》られたよ、ははは。『休んで病院行けばよかったのに』『たかが暇潰《ひまつぶ》しの店のために病気を悪化させることはなかったんだ』ってさ。だすけ『暇潰ししなきゃなんねのさ、病院なんか行ってらんねべ』っていってやったさ」

ばあちゃんは強気のウィンクをする。

そのやり取りは昨日、夕食後に両親から聞いていた。

父は、畳《たたみ》の上に胡坐《あぐら》をかき、足の間で、悪性腫瘍《しゅよう》について書かれた本を開きながら、開いた口がふさがらなかったと苦笑いし、母は、ばあちゃんの洗濯物をたたみながら、もしかしたら持ち直すかもしれないね、と希望を見ていた。

だが、希望とは裏腹に、話し方は日々ゆっくりになり、声量もそぎ落とされてきている。言葉と言葉との間にできる空白は広がっていき、その空白は、この世からばあちゃんが切り離される距離のようでもあった。

「ついさっき、あんたが来る前に、涼真一家が来たよ」

ばあちゃんがいった。

涼真と瑛香《えいか》さんと瑛太《えいた》。今はアパートで暮らしているが、そのうちに同じ敷地に家を建てて引っ越してくる算段をしている。

「瑛太に、あんたいくつになったんだいって尋ねたら四つ、だってさ」

「また聞いたの。毎回聞いてんじゃない？」

「三日に一回は聞いてるね」

「そんなに聞いてたら、ひと月後には中学生になってるよ」

ばあちゃんが、くくくと笑う。

「なんべんでも聞きてんだ。あんたたちが大きくなってくのが楽しみなんだ」

ばあちゃんは、登磨が差し入れた生姜味噌のおにぎりを、ほんの少しかじる。見守る登磨の視線を十分に意識しているのが感じ取れる。

医者は「もう本人が食べたいものを食べさせていい」といった。もう、と。

許可というか、ていのいい見放しというか、そういうことだ。

医者のいう通りに、ばあちゃんのリクエストを作っていくのはしゃくだった。本当に「もう」助からないような気がしたのだ。

ところが、ばあちゃんは「食いてもんば、かねで死んじまって、なんの人生だ」とのたまった。そうか、ばあちゃんは「もう」分かってるんだな、と気づいて、医者にいわれるのよりも、胸が疼《うず》いた。

ばあちゃんはどういうわけか登磨が作ったことのないものばかりをオーダーする。うどんのカルボナーラとかトマトと牡蠣《かき》のリゾットとか。

登磨は料理本を開いたり、母に教わったりして、なんとかばあちゃんのリクエストに食らいついていった。

探り探り作っていくうちに、だんだん要領というものが分かってくる。段取りがつかめてくる。頭で考えなくても、体が、手が、自然と動くようになる。

ばあちゃんの感想はひと言「んめ」だ。それで十分。

登磨は、ばあちゃんの「んめ」を聞き続けたかった。

食事を旨いと思えるうちは、ばあちゃんは生きると思った。

旨いと思わせる食事を作れば、ばあちゃんを生かせると信じた。

ばあちゃんは、まだちゃんと食べものを口に運べているかを確認するみたいに、おにぎりのかじったところを凝視する。薄い胸が静かに上下する。生きるための呼吸さえ、負担になっているように見える。

生姜味噌おにぎりは、ばあちゃんが作ったことのあるものだった。作ったことというか、しょっちゅう作っていた。しょっちゅう作っていたものをリクエストするのは、初めてのことだった。

そして、このおにぎりが、最後のリクエストだったと気づいたのは、ばあちゃんがいなくなってからだ。

ばあちゃんがサイドテーブルの水のペットボトルに手を伸ばし、登磨に伸べてくる。登磨は受け取ってふたを開けて、渡した。

ばあちゃんは礼をいってひと口含む。登磨はそれを受け取ってサイドテーブルに戻す。

「オレのおにぎり、どう？　ばあちゃんがよく作ってくれてたやつだよ」

「んだな。登磨、ありがっとう。受け継がれてくってのは嬉しいもんだな」

ばあちゃんは改めておにぎりをかじって、何かもうひとつ欲しいね、と呟《つぶや》いた。

登磨は身を乗り出す。

「食欲出てきたじゃん。もうひとつって漬物《つけもの》とか？　卵焼きとか？」

ははっとばあちゃんが弱い息遣いで笑う。

「まさか真心とかいわないよね。オレそういうの分かんないからな」

「味だよ」

「味？　でもばあちゃんが作った時に使った材料は全部使ってるよ。ハムに、チーズに、味噌と生姜」

「んだ。でもなんだべな。今は、もうひとつ欲しいな」

「う～ん、分かんないな」

登磨は額をかく。「完璧《かんぺき》なのに」

「んだ。どこさ出しても恥ずかしくねほど、んめ」

完璧なのに、足りないってなんなんだろう。

「さあ、何が足りねか考えるべ」

ばあちゃんは歌うようにいって、ほとんど息だけでひゃっひゃっひゃと笑う。

ばあちゃんの口からご飯が毛布にこぼれ落ちる。登磨はサイドテーブルのティッシュに手を伸ばす。その下には水色のキャンパスノートがあり、ページの角が浮き上がって膨《ふく》らんでいる。店にあったノートだ。

そばのボールペンは、キャップが外れたままなので、一旦《いったん》はめたが、ばあちゃんにはキャップを外すのも負担になろうかと考え直して、外してペン尻にはめておく。

ティッシュを引き抜いてご飯粒をつまみ取ると、丸めて足元のごみ箱に捨てた。ゴミ箱はいつも空だ。

ゴミが出なくなった。

改めてばあちゃんを見ると、ベッドの空白部分が広すぎるような気がした。

じっと見つめているとベッドは膨張していき、ばあちゃんを飲み込んでしまいそうな錯覚《さっかく》を覚える。

ばあちゃんの毛布の上に落とした手だって、皮を剝《む》いたリンゴを一週間ほど放置したような色と、しなびっぷりだ。命が空気中にじわじわ蒸発《じょうはつ》していっているように見えてきて、登磨は頭を振る。

しなびたリンゴがわずかに動いた。

「死は負けでねんだよ」

登磨の心情を読んだのだろうか、そんなことを呟いた。

「人生ずのはよぉ単なる時間と出来事の積み重ねで、そこさ勝ち負けはねんだ。死ぬのを負けだっていっちまったら、生きてるやつはみーんな負けだ。な？　だすけ、そっただことぉねえんだ」

　ゆっくりと葵岳に目を向ける。おにぎりを震える手で口へ持っていく。休み休み、かじる。

「無理しなくていいよ」

「あたしは、無理なんちゃしねんだ。あんたの料理だば食えるってだけ」

　時間がかかったが、ふたつ作った小ぶりのおにぎりのうち、ひとつを食べきってくれた。

　登磨はばあちゃんの入れ歯を、小さな陶器《とうき》の器《うつわ》に受け取って、部屋に備えつけてあるミニキッチンのシンクで洗う。

「あひはっほ」

　ばあちゃんが空気の抜けた礼をいう。登磨は入れ歯を返す。ばあちゃんがはめるのを、つい凝視してしまう。

　生きるためのアイテムみたいなそれを装着したばあちゃんはいい直した。

「ありがっと。ありがとついでに入れ歯ば洗う薬っこ買っといで、ひとっつ、ふたっつ、かじっとくすけ」

　冗談《じょうだん》は必ず添える。口が動けば、お礼も冗談もいう。弱っていても、体が動かなくても、残された機能でできることがあればそれを行う、相手のために。

　だから登磨もいう。

「ばあちゃん、きっと瑛太が中学生になるひと月後には元気に退院してるよ」

「当たり前だべ。そのために入院してんだ」

病室を出る際も、扉をぴったりとは閉めない。病室と廊下を完全に遮断《しゃだん》しない。ほんのひと筋、空気が行き来できる分の隙間を保った状態にしておく。次に来る時には必ずぴったり閉められているけれども、それでも、開けておく。

片手にはばあちゃんの洗濯物が入った紙袋、もう片方の手には余ったおにぎりを入れた保冷バッグを提げて、家路へ向かう。

途中で、ばあちゃんの要望である「何かもうひとつ欲しい」の何かを探しに、スーパーに寄った。材料費は両親が出してくれているので、お金の心配をせずばあちゃんのために腕を振るえる。

思案しながらうろついていると、おにぎりが並んでいる総菜コーナーで、買い物かごとメモ用紙を手にした女の子を見た。マスクをしている。子ども用だと思うが、それでも余っている。背格好《せかっこう》から推するに、小学校の中学年だろうか。

自分と同じように、おにぎりに意識が向いているその子になんとなく親近感が湧《わ》く。

彼女のかごには、二個パックのヨーグルト、カットされた大根、はちみつ、六個入りパックの卵が見えた。お遣《つか》いかな。

女の子が商品から顔を背けて咳《せき》をした。それからまた商品の陳列《ちんれつ》ケースに向き直ると、オレンジがかったライトに照らされているおにぎりに手を伸ばす。

登磨は声をかけた。振り向いて目をぱちくりさせる彼女に、保冷バッグの中からラップに包んだおにぎりを差し出す。

「おにぎり、いる？　作ったんだけど余っちゃって」

女の子は不思議そうな顔をしたが、不審がる様子もなく受け取ると、礼をいってじっと見た後、ポケットに入れた。

商品が入ったかごを手にレジのほうへ向かう華奢《きゃしゃ》な背中を見送ってから、登磨は知らないやつからもらったって困るだけだと気づき、悪かったなと頭をかいた。

引き続き、今ひとつのおにぎりをランクアップさせる品物を探していると、背中をつつかれた。振り向くと、さっきの女の子だ。持っているものは、買い物かごからバナナ色のエコバッグに替わっている。

「おにぎり、ごちそうさまでした」

登磨は驚いた。反射的に強く息を吸い込んだものだから、マスクが鼻に張りつく。

「食べたの？」

「はい、そこの席で。ちょうど、おにぎり食べたいなあって思ってたので」

ベーカリーコーナーの向こうに、テーブル席が設けてあって、レンジや給水器も用意されている休憩コーナーがある。

「オレ、知らないやつなのに」

渡した本人が妙なことを口走ってしまった。

女の子は下がってきたマスクを直す。

「お兄さん、いいひとそうだし。平気だと思って」

ああ、この子アレだ。この世には善人しかいないと妄信《もうしん》するタイプ。

「その根拠、ダントツで危ないやつ。オレがいうことじゃないけど、気をつけなよ」

はい、と女の子は素直な返事をする。素直すぎて眩暈《めまい》がした。

「でも、あたしをやっつけても、なんの得もないと思うんです」

……妄信するタイプでもないようだ。彼女の言葉の奥には、冷たい暗がりがある。単純で無邪気な中学年という予想は外れたかも。

「君、何年生？」

「五年生です」

「え、五年？　ちっさ」

漏らした言葉に、女の子はつっかかることもなく、少し興奮気味に告げた。

「おいしかったです。こんがり焼けたハムはお肉の味がギュッと濃くて、チーズはまあるい味で、生姜のおかげでさっぱりして。ご飯のやわらかさもちょうどよくて」

登磨は瞬《まばた》きした。女の子は続ける。

「お味噌が、しっかり豆の香りがして、そのおこげが香ばしくて、とてもおいしかったです。それを伝えたくて」

感想を述べた後、目がスッとエコバッグに流れる。

ごちそうさまでした、と告げて女の子は踵を返した。

登磨はその手首をつかんだ。細さと骨のやわらかさにヒヤリとして、反射的に離す。振り返った女の子に、ごめん、と謝ってから続ける。

「今、何かいいたかったんじゃない？　何？」

女の子は登磨に向き直る。

「あたし今ちょっと風邪気味だから舌がピリピリしてる感じがしてるので、もう少し、辛さが減ったらピリピリしないのかなって」

「え」

「ほんのちょびっと甘かったら、もっとおいしいんだろうなって」

登磨は瞠目《どうもく》した。

「勝手なこといってごめんなさい。あ、『これは個人の感想です。使用感には個人差があります』です」

彼女はマスクを直すと、ペコリと頭を下げて背を向けた。

「あ、待って、君名前は？」

後ろ姿に問うと、女の子は振り向いて声を発した。

が、ちょうど店内放送がかかってかぶってしまった。女の子は踵を返すとそのまま人混みに紛れた。

登磨はふいに体中が熱くなった。なんでと一瞬考え、マスクをつけたままだったことに気づいた。マスクのせいだ。ずり下げて、店内の冷えた空気を吸い込んだ。

自分の料理に自信を持っていた登磨が、スーパーで出会った見知らぬ女の子のアドバイスを聞き入れたのは、その感想に衝撃を受けたせいと、それに納得させられたおかげと、いつばあちゃんが食べられなくなるかもしれないという焦《あせ》りから、参考にできるものはなんでも取り入れようと思ったからだ。じゃなかったら、「ふーん、でもオレの作るのがサイコーだから」くらいに思って、忘れていたかもしれない。

試作に用意した甘味は、砂糖《さとう》、みりん、水飴《みずあめ》、そして、あの女の子のかごにも入っていたはちみつ。

何度も試して登磨が一番いいと判断したのは、コクも出せるし、香りに深みのあるはちみつだった。

優しくまろやかだが、ぼやけた味にはならない。これなら、不調の時の心細さがふんわりと包まれ、落ち着いてくるだろう。

これが正解のような気がする。いや、正解だ。

数日後、自信たっぷりにおにぎりを持っていった。

が、ばあちゃんは眠っていた。口を無防備にぽかんと開けている。

瑛太がいなくてよかった。あいつなら、間違いなくこの口におにぎりを突っ込んでいただろうから。オレは、突っ込むどころか、声をかけることさえできない。

登磨は、ばあちゃんを見守りながら、おにぎりをかじる。

扉の隙間から、リノリウムの床を早足で渡るゴム底の音や、話し声がにじんで聞こえてくる。

そのうち猫背《ねこぜ》になっていき、自覚するたび背筋《せすじ》を伸ばした。

その日、結局、ばあちゃんは起きなかった。

翌日、新たに握ったおにぎりを持参した。が、ばあちゃんはやっぱり眠っていた。

ばあちゃんは、そのまま目を覚まさなかった。

瑛太が「中学生」になるひと月後まで生きなかった。

雲ひとつないスコンと晴れた日、暇潰しに飽きたからそろそろ行くよ、と席を立つみたいに、あっけなく発っていった。

もっと早く「もうひとつ」に気づけていたら、ばあちゃんが求めたものを、食べさせられたかもしれない。

しかし、とうに遅かった。今更の気づきは、なんだか全て寂しく虚《むな》しかった。

自分が努めれば努めるほど、それは必ず報《むく》われて、ばあちゃんは回復すると信じ、せっせと作っていた中学三年生の登磨は、必ずしも頑張《がんば》ったことが報われるとは限らないんだと悟《さと》り、落胆《らくたん》した。

一日、二日と日はたっていき、蟬《せみ》の鳴き声が絶えると、トンボが空を滑《すべ》り始めた。

田んぼの土手にはヒガンバナが咲き、あんなに晴れ渡っていた空に、ひつじ雲が浮かぶようになっていた。

カレンダーはまだ八月なのに。

もう、秋なんだ、と驚いた。

「実のところ、施設に戻ってもらうつもりだったんだ」

馬場の声で我に返った。

テーブル席にいたはずの彼が、カウンターの前にぬっと立っていた。反射的に登磨は半歩後退《あとずさ》った。布巾《ふきん》を手に後ろを通った美玖にぶつかる。美玖がよろめいた。尻もちをつかないよう、その手首をつかむ。

「おっと、ごめん」

「大丈夫ですか？」

体勢を立て直した美玖が尋ねる。

「大丈夫。びっくりしただけ」

登磨は手を離す。

いくら柔道《じゅうどう》部で鍛えてきたといっても、女の子だ。登磨にしてみれば、手首はやわらかくて危うい。去年も、美玖が取り乱して自分自身を傷つけようとした時につかんだが、もし、美玖が抵抗していたら折っていたかもしれない。

登磨は馬場に向き直る。

「ぬりかべかと思った」

「だから客を妖怪呼ばわりするな」

通路の奥のトイレから水が流れる音がしている。

馬場はカウンターのスツールに腰を下ろし、テーブル席を振り向く。馬場母が、ハナさんの前のテーブルをおしぼりで拭《ふ》いており、ハナさんは頬にご飯粒をつけたまま、枝豆の冷製スープを啜《すす》っている。

「ハナさんを家で看ることにしたのか」

「ああ。デイサービスとか在宅で頼れるシステムがあるし。母さんもそのほうがいいだろうって」

登磨はすっかり放置していた賄いのボロネーゼソースを温め直す。ソースが煮詰まって少しくどい気がしたので、ブロードを加えた。

ブロードは、肉と香味《こうみ》野菜を半日かけて煮込んで引いた出汁《だし》だ。スープやソース、下味に使う、料理の土台である。

「頼ったほうがいいな。自分らだけで頑張らずに。ハナさんが帰りたいっていったのか」

「いや。入院中のおばあさんを見てたら、家で過ごさせてやりたくなってな。この先、そう長くはないし、家は三年前までおじいさんが生きてた場所なわけだし」

「そうか」

「おじいさんが亡くなってから、おかしくなりだした。食事時にトマトを出してほしいと頼んできたり、雪ン中おじいさんを探しに出て風邪引いたり、未だにおじいさんが、行動や考えの基本になってる。初めの頃は、おじいさんは帰ってこないよって説得するんだけど、少しするとまた探すから、もういわないことにした。説得って、一種の否定じゃないかと思ってさ」

馬場たちは受容したようだ。

「否定はしたくないよな。おじいさんと生きてきた時間はハナさんの一部なんだし、ハナさんの一部ならそれと対抗するのもアレだしな」

馬場は頷く。

「考えてみれば離婚せずに、何十年も他人同士が家族やってきたってすごいよな。――オレの元嫁はさ、おばあさんがああなったら、一緒に暮らすのは無理だっていったんだ」

馬場がポツリとこぼした。

「一時はさ、彼女を追っかけて一緒によそに住もうかって、頭をよぎったんだけどさ。なんといっても小さい頃から可愛がってくれたおばあさんだから」

「うん」

馬場は鼻にしわを寄せ、空《から》っ洟《ばな》を啜った。

ちょうどいい塩梅《あんばい》になったソースをかける。キッチンの隅に寄せていたスツールを引っ張り出して座り、パスタをひと口頰張《ほおば》った。

「そういえばお前、あんなにモテてたのに独身なんだな。なんで」

「なんでって、そういうのって縁なんじゃないの、知らないけど」

興味ないかあ、と馬場は顔をこする。

「彼女もいないのか？」

「うん」

馬場はなぜか登磨の隣へ視線を投げる。そこには食べ終わったボロネーゼの皿を洗う美玖がいる。

美玖に、店長、ちゃんとアスパラのムースも食べてくださいね、と念を押された登磨は、げっと思いつつも、はいはーい、と返事をしてひと口食べる。紛れもないアスパラ。ゆるぎないアスパラ。修業だと観念して食べているうちに慣れてくる。桃の香りの生クリームにも助けられる。

馬場は「いないかあ……」となんとも複雑な面持ちになった。

「やっぱり執着《しゅうちゃく》がないんだな。仙人《せんにん》みたいだ」

「どうなんだろうな。料理には執着してるっていわれるけど」

「それ以外はからっきしだと思う。余裕が執着を手放させるのかな」

「余裕？」

「端正な顔をしていることから来る余裕。金持ち喧嘩せず、みたいな」

「馬場君だって顔は整ってるだろ」

ガシャン、とフォークと皿がぶつかる音がテーブル席から響く。ぬりかべを避けて見やると、馬場母がフォークを持ち直しながら「母親の私がいうのもなんですが、整ってはないと思いますよ」と途方に暮れた顔をした。

「馬場君、お母さんを失望させちゃいけない」

「いやお前のせいだろ。オレだってフォーク落とすわ。おまけにうちの親にあんなこといわせるなよ」

「オレからしたらみんな綺麗《きれい》だよ。目がふたつ、鼻が真ん中にあって、口は顎の上にひとつ。そもそも、見た目なんてどうでもよくない？　顔で料理作ってるわけじゃないから」

馬場は、はあ、とため息を吐いて首を横に振った。

「オレ一番覚えてるのがさ、中学校の調理実習でカレー作ったやつ。実習中に工藤《くどう》さんがケガして泣いて、みんなが心配して騒いでいる時にお前、ひたすらカレー鍋かき混ぜてたよな」

登磨はもぐもぐと口を動かしながら二の腕をかく。工藤さんって誰だ。パスタを啜り上げる。

「いろいろ覚えてないわ」

「だろうな。ひとに興味なさそうだったもんな。工藤さんっていうのは、美人で生徒会長やってて、成績もトップだった」

「ああ……なんとなく思い出した」

「工藤さんのケガより、カレーのほうが大事だったんだろ」

「カレーは焦《こ》がすと取り返しがつかないんだ」

「『残念なイケメン』って知ってるか？」

「初めて聞いたな。で、大丈夫だったのか、ケガ」

「今聞くか。……包丁《ほうちょう》で指をちょっと切ったんだよ」

「よく覚えてんなあ」

「オレ保健係だったから保健室連れてったんだ。絆創膏《ばんそうこう》貼ってもらってたのを覚えてる。……それ、旨そう。オレにも作ってくれ」

馬場がボロネーゼを指す。食のリクエストは嬉しい。

「腹に余裕あるか？」

「ああ。お前の料理なら全然入るよ」

「オレの料理は大概《たいがい》のひとが食べすぎるから気をつけろ」

「あいっかわらず大した自信」

早食いは修業時代に身についた。パスタを食べ切った登磨は、腰を上げる。

鼻歌を歌いながらパスタを茹で、ソースのフライパンを火にかける。頬を流れる汗を肩で拭う。

「お前は料理さえさせとけば機嫌良くしてられる仕様なのか」

「赤ん坊の頃、ガラガラの代わりに、包丁を持たせておけばぐずらなかったそうだ」

「冗談に聞こえない」

美玖がアスパラのムースを勧め、馬場がそれも食べるといい、パスタができあがるまでのつなぎにムースに口をつけた。野菜の味が濃くて旨いと頷いたので、登磨はこの同級生と距離を感じた。

　できあがったボロネーゼパスタを、馬場はしゅるしゅるとなめらかに巻いて頬張る。

「旨っ。これ賄いで出すなんて反則だろ」

「反則ぐらいさせてくれ。従業員にはこれで働いてもらってんだから」

　馬場が、目的はこれじゃないだろ、昔っから女の子の気持ちには天然記念物並みに鈍いんだよな、と目尻にしわを集める。

　テーブル席から、「あっはっは。オラァみーんな忘れてしもうた」と朗《ほが》らかな声が聞こえてくる。豪快な笑い声とは裏腹に、ハナさんは親指のつけ根で目をグイッとこすった。その背は丸く萎《しぼ》んでいる。

「……丸って、一番ダメージ受けない形なんだってな。卵とか、老人とか、どっかが痛む時とか、弱い時は丸くなる」

　登磨は呟いた。

「なんの話だ？」

　馬場は顎を動かしながら、登磨を見て、視線の先を追ってハナさんに注目した。彼のがっしりした首の真ん中の喉仏《のどぼとけ》が、石を飲み込んだみたいに大きく上下する。

　顔を戻して、フォークにひき肉まみれのパスタを巻きつけていく。口に押し込む。むせた。

「いじましいことに、おばあさん、饅頭をふたつ、仏壇《ぶつだん》の小引き出しに大事に取っておいてるんだ」

　馬場が紙ナプキンを引き抜く。一度に何枚かまとまって引き上げられ、彼は揺すりながら一枚を取り出し、残りの中途半端《はんぱ》に出たものを手のひらで押し込んだ。口を拭う。

「いつのものなんだか、カビだらけ。すっかりマリモ。ほかにも、おばあさんにとっての宝物とか大事にしてるものがあるだろ。死ぬ時ってそういうの一切合切《いっさいがっさい》持ってけない。第一、自分の体すら持っていけないんだからさ。でさ、あんな病気になったら、記憶まで持っていけないのかなって考えるようになった」

　頭がクリアなひとだって、死んだら何もなくなるだろう、と心得てはいたが、そのままいうわけにもいくまいと、

「記憶って、自分じゃコントロールできないからなあ。覚えていたいことだけ頭に残しておくってことなんてできない」

　と、登磨は口にした。どういう基準で脳は記憶を仕分けしているのだろう。絶対に忘れない、と誓《ちか》ったとしても忘れてしまったり、忘れてくれて結構なことが脳にこびりついていたりする。自分の脳なのに勝手ができない。

ばあちゃんがオレにくれたものの中で、オレが忘れているものも無数にあるんだろう。

　馬場がため息をこぼす。

「いつか、おばあさんに『あんた誰』っていわれる日が来る。それを考えるとやりきれなくて、感情がうずくまってしまう」

　馬場の分厚い背中も丸まっている。

君がしんどくない範囲でだけど、と登磨は断ってから続けた。

「ハナさんが忘れることになったとしても、ハナさんが食べたいっていうもの食わしてやって、行きたいとこ連れてってやれよ。忘れてしまっても、その時に見せた笑顔は本物なんだから。こっからは一瞬一瞬が今まで以上に大事になる。『後から』は通用しない。ハナさんのためでもあるし、君自身のためでもある。何もかも終わってしまってから、気づいたって遅い。後悔し続けるには、残りの人生は長いぞ」

じっと耳を傾けていた馬場は、ああそうする、と何かを堪《こら》えるような顔で笑った。

パスタを平らげた馬場が、テーブル席へ足を向けた。

「さあ、そろそろ帰ろうか」

「どっちゃさ？」

ハナさんが大柄の馬場を見上げ、初めて不安げな顔をした。

「うちだよ。家に帰るんだよ」

ハナさんの表情がパッと明るくなる。

「うん、帰るべ」

そうと決まればこうしちゃいられない、とばかりに立ち上がる。美玖の手をむんずとつかんだ。

「ほら、あんたも、あんべ」

「え、ちょっとおばあさん、この子は一緒に帰れないんだよ」

馬場が慌ててハナさんの手を離そうとする。しかし離さないハナさん。

「なあにへってらんだっきゃ。嫁だべ」

「千代さんの次はお嫁さんになったのね……すみません」

眉を八の字にした馬場母が美玖に謝る。美玖は微笑んで首を横に振る。ふたりのやり取りに構わず「ほら、あんべ」と、急《せ》かすハナさん。

登磨は割り込んだ。

「ハナさん、この子はうちの従業員で、彼の嫁じゃないんだ、ごめんな」

「い〜や、うちの嫁っこだ」

「ハナさん、あたしは誰のお嫁さんですか？」

美玖が落ち着いた様子で問いかける。

ハナさんが佇《たたず》む馬場を指す。

「これよ、これ。ああ、ええと」

馬場が息を詰めているのが見て取れる。自分の名前を覚えているかどうか、気を揉《も》んでいるようだ。

ハナさんは目を閉じ、まぶたの下で瞳を動かす。指もくるくる回る。日に焼けて武骨で、実直で、逞《たくま》しい指。ハナさんの人生を知っている指。

窓辺のキセキレイがパッと飛び立った。黄金色の光が散る。指が空中で止まる。目が開く。

「健だ。たーけーる。あたしの孫だ」

馬場が深く息を吐いて破顔《はがん》した。

「ありがとう、おばあさん」

ハナさんは多分、孫に感謝された理由を分かっていないだろうが、「どういたしまして」と得意げに顎を上げる。

それでもう、美玖のことは忘れたようで、美玖から手が離れた。

馬場が登磨に訳知り顔を向け、ほくそ笑む。

「なんだ。執着心がないのかと思ったら、そうでもないんだな。お前、珍《めずら》しく目つきが変わったぞ」

「は？　何が？」

「お会計してくれ」

財布を出した馬場を、ハナさんが押しのける。

「よいよい、オラが払う」

巾着からがま口財布を取り出した。

それでも馬場が払おうとすると、ついに、

「だぁあってえぃ」

と声を大にする。声が大きすぎるのと崩れた方言とで、全くヒアリングできない。なんて？　と登磨が馬場に目で問うと、「黙っておれ」ってさ、と訳してくれた。

「そっか。ハナさん、ごちそうしたいんだな」

登磨はハナさんからお代をいただく。ハナさんのお金は全て小銭《こぜに》。お札より重い。ハナさんは、重さと豊かさが直結していた時代を生きてきたんだと、登磨は知る。

馬場母が、ハナさんに見えないように自分の財布から札を出そうとしたが、「小銭が足りないのでちょうどよかったです」「助かりました」と登磨と美玖が口を揃《そろ》えて辞退する。

上機嫌に精算を終えたハナさん。

食事中だけじゃなく、食後もいい気分でいてもらえるのはありがたいし、誇らしい。

美玖と馬場母が、ハナさんを支えながらスロープを下っていく。登磨と馬場もついていく。

町からは離れているが、手持ち花火の、空を鋭く切り裂《さ》いて上がる音の後に、乾いた破裂音が聞こえてくる。まだ日は高いが、待ちきれないのかもしれない。

「帰ったら迎《むか》え火《び》、焚《た》いて、四十八灯籠《しじゅうはちとうろう》をやろうな」

馬場がハナさんを待たせて、後部座席のスライドドアを開ける。

四十八灯籠は、「拝」という字の旁《つくり》部分のような形で木材を組み、四十八本のろうそくを灯す。これは、亡くなってから三年ほど続ける。

「今年で最後の四十八灯籠だ」

「迎え火の煙《けむり》、いい匂いなのよね。昔はお盆に限らず、あっちからもこっちからも匂ってたっけ」

馬場母が懐かしがる。

ドアの縁に手をかけたハナさんが、空を仰いだ。

「最近は煙が少ね」

ハナさんがゆっくりと後部座席に乗り込む。

馬場はシートベルトを締めてやってドアを閉めた。足の裏全体で地面を踏《ふ》み締《し》める歩き方で、クルマの前を通って運転席側に回る。

馬場母が登磨に向き直った。

「今日はごちそうさまでした。母も喜んでくれて、連れてきて良かったです。とてもおいしくて、私たちも大満足です」

「それはよかったです。もっとも、私の料理をまずいとおっしゃる方はいないので」

そう告げると、母親が口元に手を当てて笑み崩れた。来店の時の様子とは雲泥《うんでい》の差で、登磨は充実感に満たされる。

ハナさんが窓を内側からノックする。馬場が運転席のドアを開けてスイッチを押し、窓を下げた。

「じさまとオラで、工場ば始めた頃《ころ》ぁ」

窓枠に両手をかけたハナさんが、少し顔を出す。登磨を見つめる目はしゃんとしていた。

「貧乏してらったすけ、やっちゃんさよく助けてもらった。やっちゃんがよくにぎりまんまばくれたんだ。余ったっていって。だども、オラもやっとまんまば、思う存分炊《た》けるようになった時に気づいたよ。あのまんまの旨さときた日にゃ、余りもんなんかでねかったって。オラたちゃ、やっちゃんのにぎりまんまで頑張れた」

力こぶを作って見せる。美玖がそれを真似《まね》ると、ハナさんが手を伸ばして美玖の拳を包む。

「んめ、にぎりまんま食わしてもらって、あんたも頑張んなさい」

「はい」

遠くで、鳥追いの空砲が鳴り、空に染み渡っていく。

ハナさんがゆっくりと手を下ろすと、頭を下げた。

「ごっつぉさまでした。あの味っこさ会えて、いかった。やっちゃんさ伝えてけろ、オラァまた頑張るって。あの時はありがっとうって。また、会うべしって、な」

その、顔中いっぱいの優しいしわを見て、登磨は、ああと思い至った。

必ずしも頑張ったことが報われるとは限らない、わけじゃない。

そして、努力はすぐに分かりやすい形で報われるというわけでもない。

あの頃、ばあちゃんに生きてほしくて料理を作り続けた。でもばあちゃんは食べないまま死んだ。それを当時は、無駄な努力だったとがっかりしたが、ハナさんからこの笑顔を引き出すことができたのなら、無駄ではなかったんだ。

あの時の努力は、今、報われたんだ。

いや、そもそも、料理で生活できていることが報酬《ほうしゅう》なのだ。

なんだ、とうに報われていたんじゃないか。

それは、ばあちゃんが、そう仕立ててくれたのだ。

登磨は身を屈めて、ハナさんに向き合う。

「はい。伝えます」

身を起こして登磨は改めてハナさんと、馬場と馬場母を見た。

「本日はお越しくださいまして、誠にありがとうございました。またどうぞお越しください」

ワゴン車が駐車場を出ていく。

コックスーツのポケットに親指を引っかけて立つ登磨の隣で、美玖は、ワゴン車に大きく手を振る。風にはためく黒いエプロンの短い裾《すそ》が登磨の足を軽く打つ。

エンジン音が溶け消えると、蝉の声が大きくなった。

「店長がレシピを覚えていたおかげで、ハナさんに喜んでもらえましたね」

アプローチを戻りながら、美玖がホクホク顔を向けてくる。以前は作り物めいて硬《かた》かった笑顔だったが、ずいぶんと自然でやわらかくなった。

「いや〜、オレも結構忘れてるからなあ。ばあちゃんがオレに教えてくれたものとかさ」

「あたし、やよいおばあちゃんには一度しかお会いしたことがありませんが、店長は雰囲気が似てますよ。だからおばあちゃんの考えとか、ものの見方とかが店長の奥深くに浸み込んで、土台の一部になってるんじゃないでしょうか」

登磨は美玖を見つめる。

美玖は見返して安泰《あんたい》の笑みを浮かべる。

「店長のおうちでもご先祖様をお迎えしますか？」

「うん。準備は両親がやるんだけどね」

店を閉めて手伝おうとしたこともあったが、両親はお盆の日こそ開けろ、といった。暇潰し好きのばあちゃんが帰ってくるから。

だから、営業を終えてからの途中参加になる。

「あたしんちも父が準備してます。お正月よりも気張ってあれこれ準備するんですよ。胡瓜と茄子で馬と牛を作ったり、あのゴザの小っちゃい敷物とか買ってきたり」

「コモ？」

「それです、それ。新しい畳のような匂いがして、いいですよね。それとお赤飯《せきはん》ですね。お料理担当はあたしです」

「小豆《あずき》、水に浸けといた？」

「いいえ、うちは甘納豆《あまなっとう》で作るので、もち米を炊いたら混ぜるだけですぐできます」

この地域の赤飯は甘納豆で作る家庭もあり、それはおはぎのように甘いのだ。ご飯ではなく、おやつの感覚。

明智家には甘党がいないので、小豆と塩の赤飯だが、それでも登磨には甘く感じる。

「普通のお赤飯は、食べ慣れてないからちょっと苦手です」

「へ～」

涼しくなった夕方、ヒグラシの澄んだ声が葵岳に染み渡ってゆく。

閉店後、登磨は鉢植えの箒木《ほうきぎ》に水を与えた。ウェハースのようだった土は見る見る色を濃くし、水を浴びた箒木は、息を吹き返したように見える。

茜色《あかねいろ》の空に道があるかのように、カラスが列を成して葵岳へと帰っていく。

登磨はカラスと逆行して実家へ向かう。

通り沿いの家々では、迎え火が焚かれていた。四十八灯籠をやっている家もある。道を横切る幾筋もの白い煙を潜るようにして進む。

砂利を敷いた明智家の広い駐車場には、五台の自家用車が停まっていた。それでもまだ十分な余裕がある。

ガラス戸が開け放たれた縁側から、居間と奥座敷が見通せる。

どん詰まりの床の間に、仏壇が据《す》わっていた。花で飾り立てられ、果物や菓子《かし》がコモの上にもりもりと供《そな》えられている。

回る灯籠の明かりになでられ、胡瓜や茄子の馬だの牛だのが走っているように見える。

例年通り途中参加の登磨は迎え火の番。

番人は、迎え火の上の金網《かなあみ》で赤飯のおにぎりを炙っていた。

火になでられた小豆が、いい香りを放つ。

煙はトラクターやコンバインが格納されている小屋のほうへ流れていく。

甥《おい》っ子《こ》と兄貴は、居間でインゲンの筋を取っていた。

「迎え火っていうより、もはや普通に焚火《たきび》なんですけど」

瑛太がゴウゴウ燃える火を見やる。赤い蛍《ほたる》のような火の粉が上がり、登磨の目の前でふっりと消えていった。

トングでおにぎりをひっくり返す。いい具合におこげができたところで、オリーブオイルを刷毛で塗る。

「迎え火で、おにぎりを焼く、料理馬鹿《ばか》」

瑛太が気難しい顔で揶揄《やゆ》する。

「叔父《おじ》さんになんて句を詠むの、ごめんね登磨君」

女性の声に、家のほうへ顔を向ければ、肩に届かないくらいのストレートの黒髪をひとつに縛った、すらりとした長身の女性が縁側に現れた。

小麦色の肌に、小ぶりのパーツが配置されている顔。トウモロコシを山と盛った大ざるを抱えている。

瑛太の母親の瑛香さんだ。

農業の手伝いをしたり、涼真の仕事を手伝ったり、時々夫婦ふたりで海外に買いつけに行ったりしている。その間、瑛太は一軒家を独占《どくせん》して自由を謳歌《おうか》しているようだ。

「いいえ、いつものことなので」

登磨がいう。

「こら瑛太、あんたいつもそんなこといってるの？　登磨君、トウモロコシ、お店に持って帰る？」

義姉《あね》は縁側に座布団《ざぶとん》を敷いて座り、新聞紙を地面の玉砂利の上に開いてトウモロコシの皮を剝き始めた。

大きな粒が密に揃った極上のトウモロコシ。バター醬油《じょうゆ》で焼いたり、ピザやポタージュ、サラダに混ぜたり、ペーストにすればドレッシングにもなるし、カスタードクリームや生クリームと合わせればスイーツにもなる。

美玖も喜ぶはず。アスパラのムースに関しては、えらい素《す》っ頓狂《とんきょう》なもんを作ってくれたと泣き笑いしたが、トウモロコシならオレでもいけるだろう。

「ありがとうございます。親父、伝票切っといて」

乾いた松の根をバケツに盛り上げてやってきた父に頼む。バミューダパンツから、長芋《ながいも》のような足が伸びている。

「それっくらい、いらんよ」

「店で出すものだから、そこはちゃんとしときたいんだ」

「大事なお店だもんね。しっかりしてるわ」

瑛香さんが柔和な笑みを浮かべる。

登磨は焼けたおにぎりを用意していた竹の皿に取り、次のおにぎりを炙り始める。

軍手を外して、アツアツのおにぎりをつまむようにして割ると、湯気があふれ、風にゆったりと揺らいで溶け消えた。

かじってみれば、表面はパリッとして、おこげはカリッとしている。香ばしい。内側はモチモチして、もち米のふくよかな旨味が凝縮されている。しっかり炊けた小豆とも相まって香りも食感もいい。さらに、清々《すがすが》しい竹の香りが、おいしさアップにひと役買っている。

登磨は大きなトングで、燃え盛る松の根をどかして火を弱める。

「あんまりつつくな。火が消える。なんのためにイタリアまで行ってきたんだか」

父がさほど熱心でもなく注意する。

「焚火の世話をするために留学したわけじゃねぇって」

父がペチッと脛《すね》を叩いた。蚊《か》、と手のひらを登磨に見せる。登磨は、うん、と頷く。

「瑛太もトウモロコシ食ってるか」

父がズボンに手のひらをなすりつけながら孫に聞くと、ほとほとうんざりだよ、と瑛太はインゲンを持っている手の甲でメガネを押し上げて嘆く。

「毎日何かしらに入ってる。油断も隙もない」

「馬場んとこの工場で、缶詰にしてもらってもいいかもしれませんね」

登磨は瑛香さんに助言する。

「そうね。それがいいわ。ね、瑛太」

「ええ～そんなことしたら、永久にトウモロコシばっかり食う羽目《はめ》になるじゃん」

「まあな。でもトウモロコシってたいていはすぐ出るだろ、うん」

こ、と登磨が発言し終える前に瑛太が「黙れ」と、インゲンを投げつけてきた。インゲンは登磨の頭に当たって金網の上に落ちる。

「腐《くさ》らせて捨てたくないじゃない」

と瑛香さん。見る見るトウモロコシの皮が剝かれていく。『あけちふぁ〜む』に農業のバイトに来て以来、二十年近くやってる手際は見事だ。

登磨は焼けたおにぎりを皿に移して新たな三つをのせる。

「登磨、どれだけ焼くつもりだ」

父が呆《あき》れている。

「美玖ちゃんにもあげるんだよ。彼女苦手らしいから」

「苦手なのをあげるなよ、鬼《おに》か」

「オレはアスパラを食わせられたんだぞ」

「子どもか」

「ほんとのとこは？」

涼真が目尻にしわを溜める。

「彼女んちは甘納豆を使うらしいから、ほかんとこの赤飯も食べさせたい。仕事熱心な子だから役立ててくれるはず」

「み……誰？」

話に乗り遅れた瑛香さんが身を乗り出す。

「レストランで働いてるこぐまちゃん。青木美玖ちゃんっていう」

父がいう。

「あ。時々、瑛太がいってる子ね。あたしまだ会ったことないのよ。登磨君のレストランには開店した時に行ったきりで……ご無沙汰しててごめんね」

「いえ、気にしないでください」

美玖は開店当初からいたわけではない。

「こぐまちゃんは、ぽっちゃりさんのおちびさんで、パッと明るくて潑剌《はつらつ》としてて」

涼真が紹介する。いいふうに紹介してくれるのは雇《やと》い主《ぬし》として誇らしいが、一方で、それほど接点がないのに心得顔でいわれるのは、すっきりしない。

「へえ、そうなんだ。瑛太はおっちょこちょいで元気っていってたもんね」

瑛香がからかうような視線を息子に流す。

瑛太は顔を伏せて、インゲンの筋を一気に引き、途中でプツリと切れたそれを放った。

「あたしも美玖ちゃんに会いたいわ。今度寄らせてもらうね」

「ああ、そりゃいいな。こぐまちゃん喜ぶよ。……ところで、おい登磨。いくらこぐまちゃんでも三つは多くないか、持て余すだろ」

「彼女とご両親の分」

「ああそりゃいいな」

父も、美玖の母親が亡くなっているのは知っている。「そうそう、母さんも食べさせるのが好きだったな」

登磨は仏壇を見る。

遺影《いえい》はふたつ飾られていて、ひとつはじいちゃん。すっかり色あせて、輪郭《りんかく》がおぼろになっている。

もう一枚はばあちゃん。大きく口を開けて、目尻にしわを集められるだけ集めた、遺影なのにおめでたい気さえしてくる満面の笑み。

ばあちゃんの背景は酒瓶《さかびん》が並ぶ店の棚だ。酒瓶は消したほうがいいと葬儀屋《そうぎや》が忠言したが、明智家では、それをひっくるめてばあちゃんだから、とそのまま使った。

「妊娠《にんしん》中、やよいおばあちゃんに、ほんとに助けられたのよ」

瑛香さんは毎年、そう口にする。

籍を入れる時点ですでに瑛太がお腹にいた彼女。登磨の両親は嫁と孫がいっぺんに来たと喜び、ばあちゃんは瑛香さんの食事を真っ先に気にした。

「あたし、つわりがひどくてね。でも、瑛太にとっていい食べものを摂らなくっちゃって神経質になってたら、おばあちゃんが、『食いたい時に食いたいものを食いたいだけ食えばいい』っていってくれて、リンカーンの再来かと思ったわ」

好きな食べものはなんだい。なんでもいいなさいといわれたそうだ。

「初めはもちろん、遠慮があったのよ、でも」

ばあちゃんが、あたしは初孫娘と初ひ孫に食べさせるのが夢だったんだ、あんたが食べてくれりゃあたしの夢がまた叶《かな》う、とのたまったそうである。

遠慮せずに頼る瑛香さんと、張り切ってリクエストの食事を作るばあちゃん。

　ばあちゃんは一体何人助けてきたのか。死んだ後も、ばあちゃんの料理で救われたひとがいたくらいだ。そんなばあちゃんの孫であることを誇りに思う。

　オレもばあちゃんみたいになれるだろうか。

「はいお待たせー、お煮しめだよぉ」

　母が手に鍋つかみをはめて大鍋を居間に運んできた。義姉が広い座卓の下から鍋敷きを取り出すと、母が「ありがとっ」とその上にどん、と据える。

「登磨、後で美玖ちゃんに持っていってあげて。うちの味を覚えてもらいたいわ」

　冗談なのか本気なのか、母が声を弾ませながら、鍋のふたを取る。湯気がもうもうと上がる。

「将来、美玖ちゃんがうちに来てくれたらそりゃあ、さらに賑《にぎ》やかになるだろうな。なあ、登磨」

　父が縁側に向かう。

　瑛太がインゲンを登磨に投げつけた。

　あたしひとりっ子だから妹ができるの楽しみ、と瑛香さんが目を輝かせる。

　そういえば、と涼真が思い出したように尋ねた。

「『また』夢が叶うってことは、やよいばあちゃんの夢って、ほかにも叶ったものがあったってこと？」

　瑛香さんが登磨に視線を向けた。

「『もうひとつは、〝やよい〟で孫と料理を作ること』」

登磨は目を見開いた。

迎え火の煙になでられる。思いがけず目に染みた。むせ込む。

あらま登磨、大丈夫かい？　こっちに来て登磨も食べなよ。美玖さんのおにぎり焦がすなよ。瑛太、叔父さんに命令するんじゃありません。や～、こりゃまた、お前たちが赤ん坊の頃、行水した盥《たらい》みたいな鍋を引っ張り出してきたもんだな。

　わいわいいい合う家族。

迎え火の前にしゃがんだまま、駐車場に登磨ひとり。

火は、どんどん明るくなっていく。

風が吹いて炎《ほのお》がかき乱される。

ばあちゃん、ハナさんが、あの時はありがっとうってさ。

煙はゆうらりと登磨から離れた。お盆に吹く風は夏の名残《なごり》を含んでいる。

喉《のど》に残った咳をひとつする。

爆《は》ぜる音に混じって鈴虫《すずむし》の声を聞いた。

今年は早いな、と登磨は思った。

第三話　もみじの頃　見えないケーキ

夜中降り続いていた雨が明け方上がった。

青空に筋雲が走っている。

☆季節のおすすめ☆
田子町《たっこまち》産牛ステーキ　福地《ふくち》ホワイトにんにく使用のガーリックトマトソース（店長を見た時と同じくらいとにかく元気になります！）
秋鮭《あきじゃけ》とじゃがいものなめらかクリームスープ
リンゴと紅茶のパウンドケーキ　こぐまが丹精《たんせい》込めてスライスした紅玉《こうぎょく》のケーキ

秋分《しゅうぶん》の日の昼下がり。

慎《つつし》み深く食事をしていた中年の男女が、食後の珈琲《コーヒー》を飲み終わって席を立った。

仕立てのいいジャケットを羽織った白髪《しらが》交じりの男性が先、その後ろに、肌触《はだざわ》りのよさそうなブラウスにやわらかな風合のカーディガンを身につけ、眉《まゆ》をしっかりと描《か》いた女性がついてくる。

美玖《みく》がレジに向かう。

精算をする男性のかたわらで、女性のほうが登磨《とうま》に声をかけた。

「明智《あけち》さんですよね。『あけちふぁ〜む』の息子さん」

登磨は眉を上げる。自分が知らなくても『あけちふぁ〜む』を通じてこっちを知ってくれている町内のひとは多い。

「うちの娘があなたと同級生なんですよ。工藤陽菜《くどうひな》、覚えてらっしゃる？」

誰。

だが登磨は目を細めて口角《こうかく》を上げる。

「ええ、そりゃもう、よく知っております。陽菜さんは今どちらに？」

「東京にいるんですけど、一部上場のアパレル会社で働いてます。東京のデザインの大学に入学したいっていった時には、ずいぶん案じたものだけど、本人が学びたいって熱心に訴《うった》えるもので、入学を許したんです。その流れで就職も向こうになったんですよ」

「陽菜さんは勉強熱心でしたからね」

「ええ。親の私たちが心配になるくらい」

陽菜の父親が「毎晩、電話で、その日の出来事や、会ったひとや、食事内容とか聞くにつけ、夜遊びなどせずにきちんと滞《とどこお》りなく暮らしているようで一応、安心してます」とゆったりと述べる。

「それはあなたが、ひとつひとつアドバイスしてあげてるからでしょ」

陽菜の母親がくすくすと笑う。陽菜の父親は、美玖からお釣りを受け取りながら「あの子は従順だから、いいつけを守ってくれる」と真面目な顔をした。

娘自慢《じまん》が続く。

美玖は、口元を心持ち緩《ゆる》めて聞いている。

夫婦は、自分たちのことばかりを語りすぎたと思ったのか、話を変えた。

「明智さんも立派ですね。レストランのオーナーだなんて。一国一城の主《あるじ》とは、素晴らしいです」と締めくくり、帰っていった。


夜中にしとしと降る雨が季節を連れてきて、翌朝の気温を下げていく。

日が昇ると気温が上がり、その寒暖《かんだん》差《さ》で葵岳《あおいだけ》は、陽光の色が浸《し》み透《とお》っていくように、上からじんわりと赤や黄色にあでやかに染まっていく。一本の木に茂《しげ》る葉っぱなのに、どれも違う風合いなのが面白い。

うららかで暖かい日差しが注ぐ駐車場の空中に、紡錘《ぼうすい》形の光のくずが音もなく浮いている。群れている羽虫に木漏《こも》れ日が反射しているのだ。

欧風《おうふう》のこぢんまりとしたレストランは、色づく葉の穏やかな匂いに包まれていた。

秋が深まるにつれ、閉店時間も早まる。店の後片づけをし、美玖の帰宅を見送ると、登磨はスポーツウェアに着替えた。ジョギング用のスニーカーをはき、踵《かかと》を床に打ちつけてフィットさせる。紐《ひも》をギチッと結《むす》んだら外に出る。

闇の中で虫が鳴いている。湿った落ち葉の香りを含んだ趣《おもむき》深《ぶか》い風は涼しく、走るにはもってこいだ。

町方面へ延びる農道を下っていく。

オレンジ色の街灯が点々と灯《とも》って道案内をしている。今にも降り出しそうに潤《うるお》っている空気が、光をぼやかしていた。

道の両脇はぶどう畑やリンゴ畑で、農家のひとはとっくに切り上げており、ひとの気配はない。

一帯を満たしているフルーツの香りは、時間が深まるにつれ強くなっていく。

シフトで動く雇《やと》われシェフをしていた頃より、今は自分の時間を自由にカスタマイズできるようになった。自身を管理するのは自分で、それが性《しょう》に合っている。

十分ほど走ったところだった。

向こうからひとがゆっくりと歩いてくるのが見えた。日が暮れた民家のない農道で、野生動物ではなく、ひとを目撃するのは珍《めずら》しい。

街灯の下に入ったそのひとは、ウィンドブレーカーを着た小柄な女性であることが知れた。髪を後ろでひとつに縛り、すっきりたたまれた紺《こん》色の大きな傘《かさ》を手にしている。

すれ違う時に、登磨はこんばんは、と挨拶《あいさつ》をした。

女性はピタッと足を止めて「明智君？」と名を呼んだ。

　登磨も足を止めて女性をまじまじと見る。

　彼女は自分を指す。

「あたし、中学の同級生だった工藤陽菜」

　登磨は一拍《いっぱく》の間の後、閃《ひらめ》いた。先月彼女の両親が来たし、お盆の時期に馬場《ばば》からも聞いていたのだった。

「先月はうちの両親がごちそうになりました」

「こちらこそ、ありがとうございます」

　頭を下げ合う。

「明智君、今挨拶してくれたけど、実は怪《あや》しんでたでしょう？」

「何が？」

「こんな暗い中、もそもそと歩いてるあたしを」

「いや、特には。珍しいなと思ったくらいかな」

　登磨は首をかいた。

　工藤さんは耳に髪をかける。

「相変わらず飄逸《ひょういつ》」

「ひょーいつって？」

「飄々として伸び伸びしてるってこと」

　ぽつり、と冷たいものが、鼻の上に落ちた。

登磨は目を細めて天を仰ぐ。

「降ってきた」

街灯の明かりを受けて雨が飴《あめ》色の光線となって落ちてきた。

ウィンドブレーカーが、豆を撒《ま》くような音を立て始める。

工藤さんは傘を開いた。

傘を登磨が持ち、葵レストランへ行こうとしていたという工藤さんと緩やかな坂を上っていく。

傘は大きく、すっぽり覆《おお》われて闇《やみ》が深まる。布地は厚く、よく水を弾《はじ》く。柄《え》は木製で、手の当たりがやわらかく、また、ぬくもりがあった。

この傘なら、普段ほとんど世話になることがない登磨も差してみたくなる。

「ちょっとごめん」

工藤さんが断って足を止めた。少し前屈みになって息を整える。緩やかだが、常に上《のぼ》りだからきついのだろうか。

改めて彼女を見れば、ずいぶん痩《や》せている。細いというか、薄い。

「大丈夫？」

「平気」

「どっか悪いの？」

「うん、どこも」

「あそこまでどうやって来たの。町中からはわりと離れてるけど」

「歩き」

「工藤さんちってどこだっけ」

「役場の近く」

「三キロはある。よくそんな状態で歩いたなあ」

「ダイエットしてるの。ウォーキング」

「もう十分痩せてると思うけど」

登磨は視線を走らせる。美玖より背は高く、美玖よりやはり細い、というか薄い。

「四十一キロ」

工藤さんがギョッとして身を引く。

「なんで分かるの⁉」

「牛とか豚《ぶた》とかの目方《めかた》を目測するの得意なんだ」

登磨は胸を反《そ》らせたが、工藤さんは、牛とか豚……目方……と愕然《がくぜん》と呟《つぶや》いてから、咳払《せきばら》いをして背筋《せすじ》を伸ばした。

「せっかく痩せたんだから維持《いじ》しなくちゃ」

「ストイックだなぁ。さすが優等生だったひとだ」

「え？」

「工藤さんって、中学校の時クラス委員だったんだよね」

「生徒会長」

「ああ、そっちか。成績もよかったし」

「よかったっていうか、まあ昔のことといっても自慢にならないけど、大体いつも一番だったかな。明智君は真ん中くらいだったよね」

「だったかな」

「陸上部とかサッカー部とか入って、助《すけ》っ人《と》にも駆り出されてたっけ。今も走ってるんだ？」

「うん。工藤さんは何部だったっけ」

パラパラと傘を雨が叩《たた》く音はさっきよりも大きい。その音に混じって一定のリズムでヴーヴーと重低音が聞こえた。

工藤さんはポケットに手を入れてスマホを取り出した。画面に「ママ」と表示が見える。

ちょっとごめん、と登磨に断って電話に出る。

はい、今？　明智君と一緒。同級生の明智君。レストランに向かっています。うん、はい、大丈夫、八時までには帰ります。

一から十まで説明し切ると、スマホをポケットにしまった。爪《つめ》を噛《か》み始める。

また歩き出す。工藤さんは傘からはみ出さないように気をつけている。元より、はみ出すほどの幅もないが。

「えっと、なんの話だったっけ。あ、そうそう、部活ね。入ってない。放課後は習い事してた。学習塾とかピアノとか英会話とか絵画とか。黄色いくまがついたキャラクターの布製のバッグ持って」

「そうだったんだ。優秀な生徒会長がキャラクターもののバッグかぁ」

登磨はあっけらかんと笑った。笑い声が傘の内側に反響する。

「あれ、ママが作ったの。小学校の頃からずっと使ってた」

「へぇ。物持ちがいいんだな」

てきぱきした口調と、ママという単語がかみ合わない。

「明智君がレストランを開いたってことは聞いてたの。ちょいちょい帰省はしてるんだけど、なかなか行けないままで。そのうち見てみたいなって思ってたんだ」

「今回はいつ帰ってきたの」

「昨日。で、パパたちから、明智君のレストランで食事したっていう話を聞いて、思い立ってね、目指したわけ。でもタイミングがずれちゃったね、こうして走ってるってことは、営業は終わってるんだよね」

「日暮れとともに閉めるから」

何それ、と工藤さんが相好《そうごう》を崩《くず》す。

「相変わらず成り行き屋。欲もないんだね」

「ないかなあ」

「初めからなんでも持ってれば、そりゃ求めないよね」

「いやいや。なんでも持ってるわけじゃないって、最近気づき始めたとこだけどね」

「そうなの？　どうせ、油田とか国とかは持ってないっていうんでしょ」

「野性の勘《かん》とかも」

「は？　何それ」

登磨は笑った。

「工藤さんは東京で働いてるって聞いたけど」

「うん。有休の消化。十日くらいしたら、また戻る。でさ」

あたしのこと、全然覚えてないでしょ。雨の音に混じって、ため息が聞こえた。

店のドアの前で、工藤さんは閉じた傘を振って雨を切った。少しよろめく。

雑巾《ぞうきん》を貸してくれというので、掃除《そうじ》用具の中から渡すと、傘を念入りに拭《ふ》いて開いたまま床にそろりと置く。

「乾《かわ》かさせてもらっていい？」

「どうぞ」

ドアの横に真鍮《しんちゅう》の傘立てはあるが、使わないようだ。

雑巾を返しながら、手を洗わせてくれといった。厨房《ちゅうぼう》で手を洗ってうがいをした後、見回して、狭《せま》くない？　と問う。ひとりの時はちょうどよかったんだけど、ふたりになるとちょっと狭いかもな、と答える。ふうん、と工藤さん。カウンター席にぐったりと腰を下ろした。

「雇《やと》ってるひといるんだ？」

うん、と頷《うなず》いた登磨の表情を、工藤さんの視線がなでる。

「お気に入りなんだね」

「ああもちろん。自分の店だからな」

工藤さんが違う違うと手を振る。

「その従業員さんのこと。目が優しくなった」

「オレは常に優しーんだ」

明るいところで改めて見ると、彼女の顔色はくすんだ段ボール色で、カウンター板よりも艶《つや》がない。井戸のように落《お》ち窪《くぼ》んだ目と、突き出た頬骨《ほおぼね》。首は鶏《とり》ガラを彷彿《ほうふつ》とさせる。

肉がないせいで寒かろう、と登磨はエアコンの設定温度を上げた。この時期ならまだエアコンだけでしのげる。

「ちょっと着替えてくるから、適当に座ってて」

カウンター内のドアから住まいに入る。二階に上がって寝室でパーカーに着替えて、ウィンドブレーカーなどを抱えて階段を下りた。洗面所の洗濯機《せんたくき》に脱いだものを放り込み、洗濯機の上の棚からタオルを持って店に戻る。

「これ使って」

カウンター越しに乾いたタオルを渡した。工藤さんは、それで足の濡《ぬ》れたところを押さえながら、くたびれて乾いたまなざしでゆっくりと見回す。

「こんな素敵なレストランを開けるなんて、立派なもんだね。明智君はいいな。自分の自由にやれて。都会で修業積んで地元で一国一城の主。順風満帆《じゅんぷうまんぱん》」

「ありがとう」

てらいなく礼をいうと、工藤さんが沈黙した。ひと差し指を口元へ持っていって、爪を噛み始める。

登磨は冷蔵庫《れいぞうこ》を開ける。

「工藤さん、アレルギーとかは？」

「ない、けど……？」

油紙《あぶらがみ》に包まれた牛のブロック肉を取り出した。油紙を開いて、ドリップを吸い込んだキッチンペーパーを捨てる。細くて白い脂《あぶら》が水脈のように隅々にまで張り巡らされたＡ５ランク肉。手のひらの温かさで脂が溶け出てくる。

厚く切って塩胡椒《しおこしょう》をすり込む。休ませている間に、つけ合わせとソースに取りかかる。

「もしかして、あたしのために何か作ろうとしてる？」

「うん。ステーキでもどうかなと」

「本当、いらない。注文できるなら珈琲をお願いできれば」

思いがけず自分の料理を拒否《きょひ》されて、つけ合わせの野辺地《のへじ》産の長芋《ながいも》と小かぶを厚く切っていた登磨は、手を止めた。

「飯屋に連れてきたのに、そんなこといわないでよ。代金はいらないから」

「いったでしょ、ダイエットしてるって」

「え、だって来たかったんでしょ、ごちそうするよ」

「見てみたかっただけで、食事したいわけじゃないの」

腹《はら》の底が渋《しぶ》くなる。これはどういう気持ちだろうか。言葉に表せないまま、しみじみと工藤さんを見た。

工藤さんは背筋を伸ばし、服の裾《すそ》を引っ張って着衣のずれを整える。

「あの緩い坂を休み休み上らなきゃならないほど体力が落ちてるってことでしょ。だったら食べたほうが良くないかい？」

「いらない。珈琲なら飲めるから、それちょうだい」

ヴーンという低いノイズが工藤さんのポケットから聞こえた。

よく躾《しつ》けられた犬のようにすぐさま工藤さんは電話に出る。さっきと同じようなことを伝えて切った。

「親御《おやご》さんに断って出てきたんじゃないの？」

「いったよ、散歩に行ってくるって」

「あの距離を散歩、と？」

「ウォーキングっていうと、止められるから」

でしょうね、と肉が削ぎ落とされた工藤さんを見やる。

「心配してるんじゃないの?」

いろんなことを。

口が細いケトルに水を溜める。

「……まあ、うん……」

工藤さんの肩が落ちる。

ケトルをガスにかけ、登磨は包丁《ほうちょう》を動かし始める。

「いらないってば」

「オレの晩飯《ばんめし》」

包丁が木のまな板を打つ音は丸く、温かい。

「いつから食べてないの」

「食べてないわけじゃないよ。高カロリーのものとか糖質を除《よ》けてるってこと。……一年くらい前から。ダイエットの前は、今より服のサイズが二サイズ大きかったの」

「ふうん、牛なら値段が跳《は》ね上がる」

工藤さんは鼻にしわを寄せた。

「太ってた頃は、仕事が上手《うま》くいかなかったり、彼氏との関係が悪くなると食べてしまってた。お腹《なか》が空《す》いてなくてもね。食べてる時はもやもやしたのを忘れられた」

「食べものって癒《い》やしだよな」

「そんなのんきなもんじゃないの」

工藤さんはイライラした感じで額の髪の毛をかき上げる。数本が指に絡《から》まってついてきた。床に払い落とす。

「彼氏は太ったひとが嫌いだったから、痩せなきゃと焦《あせ》ってたんだけど、なかなかできなくて。なのにダイエットに本腰を入れられるようになったのは、別れてから。別れたらあいつ、同じ部署の新入社員とつき合い出したわけ。華奢《きゃしゃ》な子よ。ウエストなんてこんななの」

両手で輪を作って見せる。「だから痩せて綺麗《きれい》になって、見返してやるって決心したの」

ふうん、と登磨は返事をした。君だって同じか、おそらくその子以上に痩せてんじゃないの、と腹の中で呟く。

登磨の反応のなさをどう解釈したものやら、工藤さんは、あのね、と身を乗り出す。

「いろいろ上手くやれなかったけど、ダイエットは成果を出せたのよ。努力すれば努力しただけしっかり結果がついてくる。結果が結びついてくれれば、自分のことを好きになれる。やる気がみなぎってきて、生きてる！って実感するの」

工藤さんの目はギラギラしている。据《す》わっているけど。

「生きてるのを実感するっていうわりに、着々と死に近づいているようにも見えるけどいいの」

達成感は中毒にもなる。

「なんとでもいってよ。飄々として、努力とか美醜《びしゅう》とかは分かんないひとに、何いわれたって関係ないんだから」

深い焦《こ》げ茶色の粉に湯を落とす。チョコレートに似た香りが立つ。雨音と珈琲の香りはよく似合う。

工藤さんに出すと、カップに鼻を近づけて深呼吸をした。

「いい香り」

口をつけると、彼女の雰囲気《ふんいき》がふっと解《ほぐ》れた。

登磨はフライパンにバターのキューブを滑《すべ》らせながら溶かし、長芋と小かぶを焼いていく。

「工藤さんってアパレルの会社に勤めてるんだよね。どうしてその会社に入ったの」

元同級生は、口をへの字にした。唇《くちびる》が深く裂《さ》けて血がにじみ出る。痛そうに顔をしかめて紙ナプキンを取って押さえ、そこについた血を確認する。唇を舐《な》める。唇は干上がったダムの底のように、皮がまだらに浮き上がっていた。

「パパがそこにしろって。有名だから。ママもそれでいいんじゃない？　って」

そこのマーケティング部門だといいながら、紙ナプキンを握《にぎ》り潰《つぶ》す。

ぬめりのあるカックイを軽く洗う。カックイはこのあたりの呼び名で、正式にはナラタケというキノコだ。今年のカックイは芳《かぐわ》しく、肉厚で艶々して、プルンと弾力がある。

「マーケティングやりたかったんだ？」

工藤さんは首をひねった。

「やりたいも、やりたくないもない。やりたいことなんて思いつかないもん。ただ、元カレとその女が雁首《がんくび》揃《そろ》えてるから、職場に居場所がない」

「じゃあ、辞めればいいじゃん。単純な話。そこでやりたいことがないなら、辞めても構わないわけでしょ」

「パパたちが勧めてくれたところだから、辞められるわけないよ。心配かけたくないし」

工藤さんは、頑丈な一枚板のカウンターがたわみそうなほど重たいため息を吐《つ》く。薄い体が、麺棒《めんぼう》で伸《の》されたようにさらにぺったんこになった。

「明智君はやりたいことがあって、おまけにそれを仕事にできていいね。でも、やりたいことがはっきりしてて、それに就《つ》けたはいいけどこれからは？　夢をつかんだ先はどうするの」

「これから？」

フライパンにカックイも加える。店いっぱいに広がる賑々《にぎにぎ》しい音とキノコの香り。

「美玖ちゃん……うちの従業員みたいに、お客さんが求める味をとらえて提供することかな」

工藤さんはクスリと笑った。

「そういうことじゃなくて、店を大きくするとか新しい事業展開してくとかよ」

「あー、なるほど。そういうひともいるな」

「そういうのを見据えてないのなら、あたしと同じね」

外の雨の音とフライパンで脂と水分が弾ける音が重なる。溶けた黄金色のバターがつけ合わせの野菜たちに染み込み、香りが油煙《ゆえん》のように立ち上る。

工藤さんが出し抜けに、ごめんと謝った。何、と登磨が問うと、あたしと同じなんていってしまってと、項垂《うなだ》れる。

「そんなこと気にならないから、謝んなくていいよ」

「自分にうんざりする」

生き辛《づら》いだろうなぁ。

焼き色のついた野菜をフライパンから皿に移し、フライパンをカンカンに熱して煙が出たところで肉を置く。ジュッと魅惑《みわく》的な音が出て一瞬《いっしゅん》、肉が弾かれる。ステーキは、いじらないのも鉄則だ。構いたくなるがぐっと我慢《がまん》。火や肉そのものに任せておけば旨《うま》くなる。そこからアルミホイルに包む。ソースはブロードを加えたバルサミコ酢《す》。

工藤さんは登磨を順風満帆といったが、今、思い出したのは東京のレストランを辞めた頃のこと。

仕事を辞めて、アパートを引き払い一日単位で借りられる部屋に越した。包丁を持ちたいと思えず、食に興味を失っていく。腹が空けば、包丁も火も使わないもので紛《まぎ》らわせた。

食事が疎《おろそ》かになると、引きずられるように生活のリズムも崩れていった。

あの頃は、ずっと俯《うつむ》いていた気がする。

深い井戸の底にいるようだった。

どんよりと濁《にご》ったまま、自分に与えられた時間を浪費《ろうひ》し続けていくうちに、こうやってオレは、料理人を辞めるのかと思った。

あっさりと浮かんだ自分の未来に、肌が粟立《あわだ》った。物心ついた頃からやっていた料理に関して、そんなことを思い浮かべた自分に愕然《がくぜん》とした。

なんとかしなければと、井戸の底で顔を上げたのは、やはりここで終わりたくなかったからだろう。

　そうしたところに、兄からレストラン開業の話を持ちかけられた。
貯金をするたちではなかった登磨の所持金はわずか。それを伝えると、兄は分かっていると、口角を上げた。

　兄の話はこうだ。ばあちゃんの所有物件が道路の拡張工事にかかったため、取り壊すことになった。道路にかからない部分は月極《つきぎめ》駐車場にするが、道路として売った分の代金を開業資金の足しにしてはどうか。

　登磨は、自分ばかりがもらっていいのかと首を傾《かし》げると、しっかり者の兄は、駐車場の上がりはもらうから、と草食動物のようなまなざしで、半永久的に収入が見込めるほうを選択したことを明かした。

　それならば、と登磨はその話に乗ったのだ。

　どうせなら、葵岳のそばがいいと思った。ばあちゃんが愛し、最期《さいご》の時まで見つめていた葵岳。

　無職に金を貸してくれる銀行はなかったので、不足分は兄と父から借りた。それはもう返済してある。

レストランが建つまでは、実家に居候《いそうろう》させてもらったため、家族の食事は登磨が作った。

最初は包丁を持つ手が強張った。

ばあちゃんから中学の入学祝いに贈られ愛用していたステンレスの包丁は、柄を取り換える必要がなく、刃さえ研《と》いでいれば長く使い続けられる代物《しろもの》だった。それが手に合わなくなっていた。

いや、手が包丁に合わなくなっていたのだ。臍《ほぞ》を噛み、取り戻してやると決めた。

それからほとんどの時間をキッチンで過ごした。

両親と、時に兄一家の食事を賄《まかな》うのは、料理から離れていた手と勘を復活させるのに打ってつけだった。また、定時に食べさせるため、ぐだぐだだった自身の生活リズムも取り戻した。

家族は、作ったものを旨い旨いと平らげてくれる。

包丁が手に馴染《なじ》んできた。

包丁はオレを待ってくれていた。

ばあちゃんが、見守ってくれているような気がした。

包丁に宿る光と、鍋《なべ》を温める火が登磨を暗く冷たい井戸から救い出した。

知らず知らず鼻歌を歌っていた。

料理にくじけ背を向けたが、料理に向き合うことでまた歩き出せた。

外側はパリッと、中心は肉汁をたっぷり含んで瑞々《みずみず》しさを保つステーキを皿に盛って、バルサミコソースをかけた。カックイ、小かぶ、長芋のバターソテーを添え、柚子《ゆず》を絞《しぼ》りかける。

いつの間にか、雨の音が強くなっていた。

窓に貼りついていた落ち葉が流れ落ちていく。その向こうの駐車場は闇の中。

秋の雨は、懐《ふところ》が深い。

「挫折《ざせつ》じゃなくて、学びだったとすれば、弱さをさらけ出してしまったひとには申し訳ないけど、確かに順風満帆だ」

鮮やかに蘇《よみがえ》った当時の気持ちを味わった登磨が臆面《おくめん》もなく断言すると、工藤さんは面食《めんく》らった顔をした。

「すごい自分本位」

同級生は何かを思案するように宙に視線を据えた。

ステーキを工藤さんの前にスッと置く。工藤さんの目に緊張《きんちょう》が走り、顔が強張った。

「半分なら？　これ、絶対旨いからさ」

登磨は自信を持って勧める。工藤さんは首を横に振った。こしのない髪の毛が水の中の藻《も》のように遅れて頭を追いかける。

「ごめん。半分も無理なの。ステーキって高カロリーの最たるものじゃない。あたし、今日の分のカロリーはもう摂《と》ってしまったし、七時以降は食べないって決めてるから」

苛立ちを押し殺すような声音《こわね》で訴えた。

「たかが体重じゃん」

登磨の意見に、工藤さんが目を剝く。

「たかが⁉ 今、たかが、っていった⁉ 信っじらんない」

登磨は耳の後ろをかく。

「気にしすぎだって。平気だよ。これくらい食べたって、いきなり太ったりしないって」

「その、『これくらい』が致命傷《ちめいしょう》なのよ」

「完璧《かんぺき》主義だなあ。そういえば、中学生の頃も、副会長じゃなくて生徒会長だったんだっけ。それも完璧主義のひとつなの？ 昔からそんな完璧主義なの？」

彼女のことをろくに覚えていない登磨は邪気《じゃき》なく聞く。

工藤さんは爪を噛んだ。爪を噛むなら飯を食えと、登磨は腹の中でぼやく。

「生徒会長になったのは、パパとママが喜ぶから。生徒会長以外は一般生と同じ。百点以外は〇点と同じ。それ以外はがっかりされた。あたし、親にため息を吐かれたり、むっとされたりするのが耐《た》えられないの」

「うちは、九十点なんて取った日にゃ赤飯だったな。親父《おやじ》が答案用紙を回覧板に挟《はさ》もうとして母親に止められてた。破けたらどうすんのって。ばあちゃんなんて、『お前、名前書けるのかい！』ってからかって楽しんでた」

工藤さんは目を見開いて言葉もないようだったが、徐々に目元が緩んできて、ついにくすくすと笑い出した。

だが、またもやスマホに呼ばれると、サッと真顔になった。一方的に投げつけられる指令にコントロールされるためだけの受信機に見えるそれを耳に当て、はい、もう帰ります、と従順な受け答えを始める。

さっきから返事は「はい」ばっかりだな、と登磨は頰をかく。

湯気《ゆげ》の消えたステーキに目を向ける。

「ごめん」

その声に工藤さんを見ると、彼女は通話を終えていて、ステーキを見ていた。表情は硬《かた》いまま。

焼くきっかけは、彼女に食べさせようとしたためである。だから、責任を感じているのかもしれない。そんな必要ないのに。

登磨の気持ちの底が軋《きし》む。このレストランにいる以上は、うちのお客様だ。お客様には、笑っていてほしい。

「謝んなくていいよ」

工藤さんが、ダイエットに効果的だとのたまうブラック珈琲を飲み終わった頃、表でクルマの排気音が聞こえ、ライトが窓ガラスに反射した。

「タクシーが来たね」

十分ほど前に、帰るといった工藤さんに、クルマで送ってくよ、と申し出た。農道を歩いて帰るつもりなら、たまったもんじゃないから。

いい、と遠慮された。

「歩いて帰る」

「正気？　やめといたほうがいい。途中でひらひら飛んじゃうんじゃない？　一反木綿《いったんもめん》みたいだし」

「は？」

「それに、街灯も少ないし、おかしなひとも出るかもしれないし、くまも出るかもしれないし、いのししも出るかもしれないし、雨も出る……あ、降ってるし」

遅くなるとそれだけ親御さんが心配するだろうし、という文言《もんごん》は飲み込む。親を出しては反則のような気がした。

工藤さんは窓の外へ顔を向ける。店内を映《うつ》す窓を、雨がザーザーと洗い流していく。

「——分かった」

彼女はスマホからタクシーを呼んだのだった。

ウィンドブレーカーのポケットからスクエア型の財布を出す。なめし革のそれはクラシカルで、渋い光沢を放っていた。

「いくら？」

「お代は結構です」

「でも」

「また来てよ。そん時になんか食べてってよ」

工藤さんは困った顔をした。それでも、

「ありがとう。珈琲、ごちそうさま」

と、社交的な応答をする。

扉を押す。詰まっていた耳が通ったみたいに、雨音が鮮やかに聞こえてきた。

見送りのために続いて外に出ようとした登磨は、扉口で「ここで」と止められた。

「帰ってくるたびに思うんだけど、こっちに降る雨って、落ち葉とリンゴの匂いがするんだよね」

息が白い。

工藤さんは傘を差して、タクシーに向かう。

傘、でか。

工藤さんが押し潰されそうだ。

それでも手放したくないんだろう、冷たい雨に濡れたくはないのだから。

工藤さんを乗せたタクシーが去ると、駐車場には闇だけが残った。

日が沈んでからこんなところまで彼女はひとりで、歩いて来ようとした。

あんなにパパママといっていたのだから、親と明るい時に来ればいいのに、そうしなかった。

冷めたステーキをかじり、いろいろあったことがダイエット中毒の引き金になったのだろうが、原因というわけじゃないんじゃないかと考え始めていた。

カウンターに放置されたくしゃくしゃの紙ナプキンを見やる。

根本的な問題があるんじゃないか。

それが彼女自身に見えているのかどうか。


工藤さんが来た翌日。登磨、美玖、瑛太《えいた》の三人はカウンターで賄いを食べていた。

「店長、何かありましたか？」

わんぱく小僧のように大きな牛ステーキを頬張った美玖が、もぐもぐと顎《あご》を動かしながら尋ねる。

「そう見えるかい」

「はい。野性の勘です」

うーん、と話をどう開こうか検討しつつ登磨は水を飲む。

「昨日、中学時代の同級生で工藤さんっていうひとが来たんだけど……」

「え？　いらっしゃってましたっけ」

美玖が記憶《きおく》を辿《たど》るように斜め上を見る。

「閉店後」

「え〜、お会いしたかったなあ。店長の同級生さん」

登磨は経緯《いきさつ》を話した。

美玖は聞くにつれ、もぐもぐしながら悲しげな面持《おもも》ちになっていき、聞き終わった後には、もぐもぐしながらしょんぼりした。

「せっかくの秋なのに、もぐもぐ。食欲の秋なのに。馬だって肥《こ》えるのに。食べたいだけ食べても許される季節なのに、もぐもぐ」

「美玖さん、それは拡大解釈ってやつじゃ……。でも、水辺には連れていけても本人に水を飲む気がないんじゃ、こっちとしてもどうしようもない。旨いのに」

後半は登磨に向けていう瑛太。そういうことわざがあるようだ。

「そうだろ。これを食わないなんてもったいないよなあ」

肉はやわらかいが締まっている。脂があっさりして、噛むと旨味たっぷりの肉汁がじわっと染み出す。ソースはバジルの鮮やかな緑色で、小豆島《しょうどしま》から取り寄せたオリーブオイルがフルーティに香る。にんにくが食欲をかき立てている。

レストランに足を運んだ彼女に、せっかくなら自分の料理を食べさせたい。

登磨は美玖の意見も聞こうと視線を転じた。

美玖は顔を曇らせたまま首を傾げている。

「なした。腹でも痛くなってきたかい？」

「食べないって決めてる方に食べさせるのは、難しいですね。無理させることになるかもしれません」

珍しく慎重《しんちょう》だ。

「無理して食べても、食事は楽しめないんじゃないでしょうか。楽しくない食事を、おいしいとは思えない気がします」

賄いの時間を楽しんでいる彼女が、待ったをかけたのである。普段とは雰囲気が全く違った「待った」だったから、登磨は黙り込んだ。

「店長のおばあちゃんもお店をやっていましたね」

美玖が、たった一度きりの出会いを、思い出して味わうように目元を和《なご》ませた。

登磨は窓の外へ目を向ける。

ばあちゃんなら、工藤さんを前にしたらどういう対応をするのか。

「てゆーか」と瑛太が肉を口に押し込む。

「食べないのもアレだけど、そのひと、親のいいなりになりすぎ。親に制限されたり思い通りに動かされそうになると、オレならふつーにむかつく。親も親だ。キモイ」

親が留守《るす》の時に羽を伸ばしている中三の瑛太は、親との関係に引っかかったようだ。

「親は心配してんじゃないの」

登磨は頬をかく。

「心配って、広く使えて便利な言葉だな。過《か》干渉《かんしょう》でも、心配って言葉に変えれば、なんか正しいことに聞こえる」

メガネを上げながら、瑛太が批判する。

「愛情って難しいね。お父さんもお母さんも、娘さんを困らせたいわけじゃないだろうし、娘さんも嫌ってるわけじゃないだろうし」

小学生の時に母親を失った美玖は、見立てが中立だ。

「そもそも、相手をコントロールしようとするのは、愛情なのか」

瑛太が美玖から顔を背《そむ》け、それでも美玖を気にしながらおとなびた疑問を呈する。

「店長、あたしは店長を思い通りに動かしたいとは思いませんから！」

唐突《とうとつ》な宣言に、瑛太が、ガシャンと大きな音を立ててナイフを皿の上に落とした。

美玖は時々突拍子《とっぴょうし》もないことを唐突にぶち込んでくるので周りを驚かせる。彼女なりの思考の流れにのっとった発言と思われるが、それに至る過程が見えないので、黒ひげ危機《きき》一《いっ》発《ばつ》のようなのだ。

「ありがとう」

慣れている登磨は話を合わせておく。

その次の日、店を閉めて掃除を終えた後、登磨はカウンター席で、「登磨・中学校」と母の字で書かれてある段ボール箱を開けた。

美玖の意見を聞いた昨日、実家の物置から運んできたものだ。

中には卒業アルバム、「南極料理人」や「アイ・アム・レジェンド」の映画の半券、読書感想文、課題図書の「坊っちゃん」の文庫本などが収められている。

オレンジ色の画用紙が表紙で、製本テープで留められた卒業文集を見つけて取り出した。

エプロンで手を拭きながら美玖がカウンターに出てくると、隣に腰かけた。

興味深そうに見ているので、登磨はページを繰りながら持ってきた理由を告げる。

「昔、好きだったものなら食べるのかなあと思ってさ」

ハナさんが来た時、昔食べたものをおいしそうに食べていた。工藤さんもそれなら、手を伸ばすかもしれない。

「そうですね」

美玖が頬を緩めて賛同する。それから「アルバム見ていいですか」と聞き、登磨が「うん」と返事をすると、手に取った。

名前が添えられた楕円《だえん》抜きの顔写真と向き合った美玖が首を傾げる。

「どした？」

「――うーん、どこかで見かけたような」

「まあ、どこにでもいる顔だしな」

「このお顔がどこにでもいたら、毎日三食フルコースと同じですよ」

たとえがさっぱり理解できない。

「中学校はかぶってなくても、どっかですれ違ったりはしてたかもしれないですね」

瑛太がエプロンを取りながら推測する。登磨と美玖は、四、五歳離れている。

「だとしたら、サーベルタイガーに遭遇《そうぐう》したほどの貴重な体験だよ。それを忘れるなんて、あたしの頭ってばどうかしてるよぅ」

「それ絶滅した動物っすよね」

　美玖はページをめくって「あっこれ店長」「はいこれ店長」「そして店長」「さらに店長」

「あ〜……っと、いた！　お待たせしました店長」と指を差していく。

「ウォーリーを探せ、みたいだなあ」

　文集に目を走らせながら登磨がたとえると、美玖は、

「魚《うお》の目《め》鷹《たか》の目《め》で探してます」

と、ページを舐《な》めるように見る。

「鵜《う》の目《め》鷹の目ですよ」

　美玖の隣に腰を下ろし、その熱心さに半分呆《あき》れ顔で訂正《ていせい》を入れる瑛太。

「卒業式ですねこれ。店長、寒空にシャツ一枚って、何があったんですか」

覗《のぞ》き込む。

「ああ、それ……」

　北国の三月の頭は雪が舞っていた。

　卒業証書《しょうしょ》が収まる筒《つつ》と花束を抱えて写っている登磨は、薄いシャツに破顔。ジャケットも着ていないし、シャツのボタンは軒並みない。背後に胸元で手を握る女子たちがいる。

「身ぐるみ剝《は》がされたんじゃなかったかな。欲しいっていうからあげたんだ。卒業しちまえば制服とかジャージとかノートとか、いろいろいらないわけだし」

「怖いわ〜。女子も、お前のズレっぷりも、片《かた》っ端《ぱし》からおっかねえわ」

瑛太が引く。

「風邪《かぜ》引いたんじゃないですか?」

「美玖さん、こいつは風邪引かないんです」

美玖と瑛太の会話をよそに、登磨は文集をめくる。それによると、工藤さんは肉とチーズが好きらしい。高カロリーのものが好きだったんだな。嫌いなものはない、と。好き嫌いなくなんでも食べる子は、おとな受けが良かった。親もさぞや育てやすかっただろう。

学校関連のほかに、入っていたものがあった。

水色のキャンパスノート。あちこちに茶色いシミが浮いて、湿気《しっけ》を含んでページは膨《ふく》れ波打っている。色がこすれ落ちた表紙には、何も書かれていない。

どこかで見たことがあるような気がする。

ページをめくると、猿《さる》が鼻に鉛筆を突っ込んで書いたような字が並んでいる。……いや、字か? 字だよな。並んでもいないけど。やたらでかいし、枠《わく》とか無視して自由すぎる。まるでオレの字じゃないか。

鑑定士《かんていし》のように、注意深くよくよく読むと、飛び飛びの年月日が付されたメモのような一行日記である。

ところどころに「登磨」とある。登磨のサッカーチームが負けたとか、ジョギングのついでに寄っていったとか、火傷《やけど》した、とか。

あ。

これ、ばあちゃんのノートだ。そうだ。入院中の病室にあったやつ。死んだ後に自分がもらい受けたんだった。もらったはいいが、すぐには開けず、いつかそのうち見ようと思っていて見ないままに、こんなところに収まっていたのか。

『登磨肉じゃが作る。お客さん褒《ほ》める。登磨嬉《うれ》しそう』

その一文に、笑みがこぼれる。

『ビーフシチュー、お客さん、絶賛。登磨自慢げ。お客さん水をたくさん飲む』

『登磨のペペロンチーノ、お客さんがもてはやす。小食のお客さんなので食べきれない。登磨、腑《ふ》に落ちない顔』

登磨の顔から静かに笑みが引いていく。

灰色の靄《もや》が腹の底に立ち込める。読み進めるのを警戒し始めている自分がいる。

孫を自慢していたばあちゃんは、なぜこういった「自慢」ではないことも書き続けていたのか。さらにもうひとつ。なぜ、ばあちゃん自身の感想が一行も出てこないのか。

だんだん、目が文字の上を滑るだけになっていく。

鈍い登磨でも、「自慢」じゃないことも記し続けたこのノートを通じて、ばあちゃんには分かってほしいことがあったんだと察しがついた。

ばあちゃんは、説教めいたことが嫌いだったから声に乗せるのを嫌った。だからここに、はっきりと書きつけることもしなかった。

　つまり自力《じりき》で気づいてほしかったのだ。

自力で気づかなければならないと思っていたのだ。このノートを孫が読むかどうかも分からないのに。

　読まないままになったらなったで、それまでだと割り切っていたのか、孫が読まなくてもいつか、なんらかの形で、たとえば佐々木《ささき》のじいさんなど往年の常連さんを通じて、自身の本心が届くはずだという目算《もくさん》があったのか。

　そこまで思考を展開して、思わず笑みがこぼれた。

　そこまであのばあちゃんがシミュレーションするはずがない。ばあちゃんのことだ、孫が読むことはお見通しだったに決まっている。一から料理を教えたばあちゃんが書いたものを、オレが読まないわけがないのだ。

　ページが進むにつれ、字はますます千々《ちぢ》に乱れて、意味不明な文が頻発《ひんぱつ》してくる。終わりが近いことを示していて、ページをめくる登磨の手は鈍る。

『お客さんが娘にお土産《みやげ》として持って帰りたいからもう少し甘くしてほしいと頼んだ。登磨、断る。味のバランスが崩れるからとのこと。お客さん、苦笑いして帰っていった』

　登磨の耳に、佐々木のじいさんとハナさんの言葉が蘇ってきた。

——将来心配だよって笑ってたよ。

——ほかさもっと大事なものがある。

そうか。

やっと気づいた。

ばあちゃんが心配してたのは、驕《おご》りだ。

オレはずっと料理しか見てなかった。自分が手がける「作品」が、自分が満足いくできでさえあればそれでいい、オレが目指していたのは自己満足な料理で、そこに、食べるひとは含まれてなかったのだ。

ばあちゃんは自慢をしていたのではなく、孫を本心から心配していたんだ。

ばあちゃんが教えようとしていたのは、食べるひとのための料理を作れということだった。

ばあちゃんが入院してから死ぬまでにオレに気づかせようとしてきたものは、全て、寂《さび》しくて虚しいと感じていたが、そうじゃなかった。未来のオレへの、温かなエールだったんだ。

ほどなく、亡くなる一週間前の月日が現れた。

文字は薄く弱々しい。が、はみ出すほどに依然《いぜん》として大きい。

最後の差し入れとなった、生姜味噌《しょうがみそ》の焼きおにぎりが書かれてある。何かもうひとつ欲しいと指摘《してき》されたアレだ。

そこから後のページには何も書かれておらず、ただ、しんとした白色があるきり。

加えたはちみつは合っていたのか。

答え合わせは、されぬまま終わってしまった。

閉じかけた時、ページを押さえていた親指の下から字が現れた。

『はちみつ』

凝視《ぎょうし》したきり、動けなくなった。

「それなんですか？」

急に声をかけられ、ハッとして顔を向けると、美玖がノートに注目していた。

「ばあちゃんが死ぬ間際までつけていたやつ」

「え、あのユニークなおばあちゃんの！」

「オレの小さい頃からのことが書かれてある」

美玖の顔が輝き、血気盛んに小鼻が広がる。

「登磨の歴史か」

と、メガネを上げる瑛太。

「店長の子ども時代が！　子ども店長時代が！　そんなとんでもない貴重書、大英博物館にあってもおかしくないのに！　一体どんなことが書かれてあるんですか？」

イスから落ちそうなくらいに登磨にぐいぐい迫っていく美玖の腕を瑛太が「落ち着いてください」と引っ張る。

「料理に絡《から》めたことだよ。初めて知らされたり、気づかされたりすることばっかで、なんか、励まされてる気がしてくる」

「自分の意外な一面を知るのって確かに面白いですよね。おばあちゃんからのエール、素敵です」

美玖が目を輝かせる。

「まさか今、そんなものを受け取るなんて、びっくりだ」

「エールのサプライズですね」

ノートを見ていた登磨は、ふと顔を上げた。

「……歴史と、サプライズ……？　……あっ」

顔を横に向ける。

「え？」

美玖と瑛太が登磨の視線を辿る。その先には、壁にかかるカレンダー。


お昼前の店内は、九割ほど埋まり、お客さんは会話を楽しみながらステーキにナイフを沈めたり、アサリの身をほじくって、貝殻に溜まった汁を啜《すす》っていたりする。

登磨はキッチンの壁かけ時計を見上げた。約束の時間は過ぎている。

やはり来ないか、とカウンターの真ん中の席に視線を向ければ、そこには「予約席」の札が立てられている。

ドアベルが、探《さぐ》り探り鳴った。

フロアにいた美玖が、振り向きざまいらっしゃいませ、と迎える。登磨もドアを見た。

少し硬い表情を覗かせていたのは、待っていた工藤さんだ。

登磨は美玖に目で合図すると、ふたりは工藤さんに向かってクラッカーを破裂《はれつ》させた。

「誕生日おめでとう」

「おめでとうございます！」

工藤さんは、頭や肩から、紅白金銀のテープを垂らして呆然《ぼうぜん》と佇《たたず》む。

たまたま居合わせたお客さんたちも驚いてはいたが、登磨と美玖が拍手をするのに合わせて、快《こころよ》く拍手で祝ってくれる。もちろん、工藤さんを知らないひとたちである。

弾む足取りでキッチンに入ってきた美玖が、保温機から少し前にできあがっていた料理を出して予約席に運んでいく。登磨もキッチンから出てそれを並べた。

糖質オフこんにゃく麺《めん》のノンオイルペペロンチーノ
ぷりぷり肉厚の活《いき》ホタテと三陸《さんりく》産ワカメのサラダ　オイスターソースドレッシング
旬のきのこのハーブグリル
ハーブとにんにくが香るラタトゥイユ

オーブンが焼き上がりの音を発した。美玖がいそいそと扉を開けると、香ばしいチーズとスパイシーなブラックペッパーの香りがフロアに広がる。

パウンド型のケーキだ。焼き色がついた表面では、チーズがぶくぶくと泡立っている。

チーズの間から覗くクルミやアーモンドなどのナッツは、香ばしくローストされていた。でも、ナッツのケーキではない。ＨＡＰＰＹ　ＢＩＲＴＨＤＡＹ　ＨＩＮＡの文字に曲げられたワイヤーのケーキトッパーを立てる。

丸っこくて福々《ふくぶく》しい字である。美玖の下書き通りに登磨が曲げた。最初は美玖が挑戦したのだが、三本へし折った時点で登磨が代わったのである。

料理を見た工藤さんを予約席へ案内しようとしたところ、同級生は目に角を立て、クルリと踵《きびす》を返した。ドアベルを乱暴に響かせて出ていく。

お客さんたちが、どうしたんだべという顔をしながら拍手をしていた手を下ろしていく。

店長、と美玖に呼ばれた。美玖を見れば、彼女は店内で唯一晴れやかな顔のままだ。彼女の顔が明るければ、この状況はまずくはないんだろう、そんな気がして登磨は工藤さんを追いかけた。

アプローチを下っていく工藤さんの後ろ姿がある。日の光の下で見るといよいよもって細い。光に飲み込まれそうだ。

「工藤さん」

呼ぶと、歩みを止めぬまま肩越しに振り向いた。表情が険しい。

登磨が近づいていくと、やっと工藤さんは足を止めた。

「忘れ物があるっていう電話をもらったから来てみれば、なんなの、あれ。嫌がらせ？　あたし、ダイエットしてるっていったよね。太らせようとしてる？　せっかく目標体重まで落として自信持ったところなのに、足を引っ張らないでよ」

登磨は肩をすくめた。

「まあそう、怒らないで。誕生日でしょ」

「誕生日なんて、もうこの年で祝われても嬉しくない」

「『この年』だからでしょう。毎年毎年、年を重ねてこれたってことは、前年の誕生日よりおめでたいってことじゃん。今日まで生きてこれたってことだから」

工藤さんの眉が開く。登磨は頬をかく。

「君自身、意識してるのかしてないのか定かじゃないけど、誕生日に合わせて有給休暇《きゅうか》を使ったんじゃないかと思ったんだよ。だとしたら、祝いたいじゃん」

工藤さんがお腹のあたりで拳をもどかしそうに上下させる。口を引き結んだり緩めたりして、腹の中に渦巻《うずま》く罵詈雑言《ばりぞうごん》を全力で押し殺すかのように、深いため息を吐いた。

「……どうやって誕生日を知ったの」

「実家に置いてあった中学校時代の文集。……君の書いたやつも読んだ」

彼女の文章に出てくる主語は、ほとんどが両親だった。親がこういった、こうしたら親が喜んでくれた、親が自分にこうなってほしがっている、将来の夢さえ親の願望だった。

でも、唯一自分が主語になっていたのは、締《し》めの一文。

だから自分はこれからも頑張《がんば》る――。

親のために頑張り続ける。

主語は自分でも、主役はあくまで親だ。

「感想いっていい？」

「ええどうぞ」

工藤さんは心持ち胸を反らせた。文章には自信があるようだ。

「まずさ、このひとはなんだろうって、薄ら寒くなった。君の姿が見えないんだもん」

工藤さんの表情が凍《こお》りつく。

「『足を引っ張らないで』っていうのは、ダイエットに限定されないんじゃないの？　で、その言葉をぶつけたい相手はオレじゃないだろ。本当にいいたい相手はほかにいるんだろ？」

工藤さんの顔が、銃口でも突きつけられたかのように強張り、白くなる。

「おとなになったらさ、持ち歩くのは親の作ったお稽《けい》古《こ》バッグじゃなくて、自分で買ったビジネスバッグに替わるわけでしょ。だったら、会社だって初めは親の勧めだったかもしれないけど、それにずっと縛られてなくたっていいんじゃない？」

工藤さんは唇を嚙む。視線が揺らぐ。

少しの間の後で、しゃべりにくそうに口を開いた。

「そういうけど、あたしはパパとママをないがしろにはできない」

「君がないがしろにしてるのは、君自身だろ」

斬り込むと、工藤さんが息を飲んだ。

「親の意向を自分の意向だと思い込んでるんじゃないの。親も君も、別っこの人間だろ。パパとママの人生じゃない、君の人生だ。今日、誕生日が来て、また年を取った。こうやって毎年毎年、年を重ねていって、とっくに親に庇護《ひご》される年じゃなくなってるのに、君はまだパパとママの下、未成年の時と同じ場所にいる」

「年ばかり取って幼稚だっていいたいの」

「違うよ。その場から立ち去る自由はあるんだってこと。誕生日を迎えた今日から、また君の新しい一年が始まる。だから今までがそうだったからって、これからもそうでなきゃいけないってことはないんじゃないかな」

オレもそうだ。これからは料理だけでなく、ひとも見て作っていくんだ。

なんでもかんでも変わればいいってわけじゃないけど、限界がきていて、変わったほうがよくなるというのであれば、恐れず以前の自分を捨てるべきだ。

ドアが開く音がした。とっとっと、と軽い足音が近づいてくると、工藤さんが登磨の背後へ視線をずらす。

「あのぉ」

気兼ねするような美玖の声に、登磨は振り向いた。

美玖は、登磨と工藤さんを交互に見て、「立ち話もなんですから、中にどうぞ。ね？」と工藤さんにふっくらとした笑顔を向ける。

店に戻って、工藤さんはぎこちなく予約席に腰かけた。

美玖が、ケーキに2と6の数字を象《かたど》った花火を挿す。

お客さんのひとりが「電気を消してもいいよ」といってくれた。

電気が消えた店内に、穏やかで健《すこ》やかな陽光が射し込み、ＨＡＰＰＹ　ＢＩＲＴＨＤＡＹ　ＨＩＮＡのトッパーをふんわりと照らす。

登磨が花火に火をつける。パチパチと華《はな》やかに咲いた。

登磨の横でむずむずしていた美玖が、ここぞとばかりに、ノリノリでバースデーソングを歌い始めた。

工藤さんが、くまの着ぐるみを着たジャイアンを目の当たりにしたかのように、ぽかんと口を開け、リズムのずれたステップを踏《ふ》む美玖を見上げる。

どこかのテーブルで、グラスが倒れる音がした。カトラリーを落とす音も聞こえた。赤ん坊が泣き出した。

　このままでは、強化ガラスであっても窓は砕《くだ》け、天井のランプは落ち、鉢植えは枯《か》れる。登磨は店長として店の平和を守るため、自らの歌声に酔《よ》いしれている従業員を止めねばならない。

「美玖ちゃん、ありがとう。もう十分だよ」

「はぴばあっすで――」

「よし分かった。一旦休憩《いったんきゅうけい》しよう。はちみつあげるから、ね。休憩」

美玖の腕を引く。美玖が消化不良な顔を向けた。工藤さんも礼をいう。元気な歌で、愉快《ゆかい》な気分になってきたと感想を添えた。そりゃあいろいろとよかったと登磨はほっとする。

「ハッピーバースデー陽菜さん」

美玖がかしわ手みたいな拍手をし、お客さんたちも再度、祝ってくれた。

明かりをつける。

目を赤くした工藤さんは、生まれた日を祝福してくれたみんなに頭を下げる。トッパーと燃え尽きた花火を抜いたケーキをしげしげと見た。

「これはパウンドケーキ？」

「ガトーインビジブルっていうケーキで、見えないケーキっていう意味なんです。中に具が隠れているんですよ」

美玖が説明する。

「見えないケーキ？　なんだか、自分の気持ちすら見えない今のあたしみたい。っていったら自意識過剰《かじょう》かな」

「いえ、店長が工藤さんをイメージして作ったんです。だから、このケーキは工藤さんで正解です」

自分というものが見えていない工藤さんはもはや、本能であるはずの生きることすらおぼろげになってしまっているのかもしれない。だから、誕生日を祝いたかった。生まれてきたことを祝い、ここまで生きてきたことを祝い、これからの人生を祝いたかった。

工藤さんが驚嘆《きょうたん》の目で登磨を見上げる。登磨はなんてことない風に肩をすくめた。

「では、切ってみましょう」

美玖がナイフをケーキに立てる。周りの生地《きじ》をわずかに引き込みながらナイフが沈んでいく。見るからにやわらかく、しっとりしている。

断面は、鹿肉《しかにく》のベーコンとチーズと緑黄色野菜、リンゴがみっしりと層を成している。具材の厚さや並べる向きを丹念《たんねん》に揃えたので、端正《たんせい》に仕上がっていた。工藤さんが目を見張る。

「綺麗……」

「生地は小麦粉を減らしてアーモンドプードルを加え糖質を抑えてある。ちなみに、生地自体をギリギリまで少なくしたから、それだけカロリーも低い」

工藤さんは、ケーキに見入っている。

登磨はキッチンに戻って、ケーキにかけるヨーグルトソースを作る。

基本的なものなら、水きりヨーグルトとマヨネーズを合わせて完成だが、料理に硬い表情を向けている工藤さんを一瞥《いちべつ》して、最後にレモン汁を加えた。小指につけて舌にのせる。

上出来だと思うが、どうだろう。

「美玖ちゃん、ちょっとこのソース味見してくれる？」

「合点《がってん》だ」

美玖はキッチンに入り、スプーンにつけて舐める。その眉がヒョイッと上がった。

「酸味《さんみ》がやわらかくて、フルーティで、すごくいいと思います」

「うん」

美玖がピッチャーを手にしてフロアに出ようとしたので、登磨はちょっと待って、と引き留めた。

「で？」

「――で？」

美玖がキョトンとする。

登磨もキョトンとした。

「……これで、いいの？」

いつもなら何か来るはずだ。

「はいっ。気高い鹿のお肉に合っていて上品なソースです。しかも爽《さわ》やかなので、工藤さんの気持ちを軽やかにする手助けができると思います。応援にぴったりです」

「ああうん、だよね。ほかになんかない？　もっとよくなるようなもの。オレが思いついてないもの」

「ばっちりだと思うんですが、そうですねえ……」

美玖はまたソースを舐めて、俯きがちに座っている工藤さんに視線を向けた。

眉の間にうっすらと凹《へこ》みができる。食事を拒否するひと相手に割り出すのは、骨が折れるらしい。

「強《し》いて挙げれば、コクでしょうか。落ち着いた感じで全体を包み込むような。うーん、方向性は見えるんですが。でも、具体的なものまではつかめません。ごめんなさい」

「謝んなくていいよ。なるほど、ありがとう」

　登磨は並ぶ調味料を端から眺《なが》めていく。そして料理を見つめる工藤さんに視線を走らせ、砂糖に手を伸ばしたが、途中ではちみつの瓶《びん》に切り替えた。

　はちみつなら、砂糖の八割弱の量で同じ甘さを出せる。当然その分カロリーも抑えられる。

　美玖にも味見をしてもらう。口に含んだ彼女はまじまじとソースを見た。それから、ほっぺたをこぼさんばかりににんまりした。

「これです、これ。安定の奥深さ。そして、まろやかさ。絶品ですね」

　ふっくらした指でＯＫサインを作る。

　勢いを得てテーブルに運び、ケーキにかける。

　工藤さんは、ピッチャーを手に近づいた美玖に顔を向けた。

「もしよかったら、一緒に食べませんか？」

「あたしが、ですか？」

　美玖が驚いて、登磨に当惑の視線を向ける。登磨は目で頷くと、美玖を工藤さんの隣に座らせ、カトラリーを入れたかごを持っていく。

「では、お言葉に甘えまして、いただきまーす」

　ナイフで切り分けて、ひと切れをパクリと口に入れた美玖は、フォークを握り締めて天井を仰《あお》いだ。

「うー。おいしいです！　最高です」

パクパクと食べていく美玖の気《き》っ風《ぷ》のいい食べっぷりに、工藤さんの目が釘づけになっている。

おそらく彼女も食べたいのだろう。好物なのだから。それを精神力で抑制《よくせい》しているからこそ、美玖の食べっぷりに魅了《みりょう》されるのだ。

体はエネルギーを欲しているが、精神力で拒否している。

自分が二分された不安定な状態が続くのは、かなり強いストレスになるのではなかろうか。

「あなた、太るの怖くないの？」

工藤さんは、奇妙な生き物を見るような目で美玖を見守る。

「あんまり考えたことないです。あたし、ずっと健康だし、動悸《どうき》、息切れもないんですよ。動くのもきつくないですし。だからこの体型があたしにはちょうどいいんだと思います」

「第一、店長のお料理をいただかない手はありません」

健康体型は美容体型とは違うのに、と工藤さんが漏《も》らすが、美玖には響かない。

もりもりと食べる美玖に、登磨は成長期のこぐまを見守る気持ちになる。

「あなたも、ストレスってあるのよね？」

美玖はまたキョトンとした。工藤さんは口を押さえ、急いで弁解する。

「あ、ごめんなさい。誰にだって何かしらのストレスはあるよね……」

工藤さんの視線が値踏みをするように美玖の全身を滑る。かつての自分と同じようにストレスによる過食なのかと聞いたようだ。

「美玖ちゃんは、たくさんは食べないよ。普通の量を休憩時間内にだけ食べてる。ほかは味見くらいかな。味見が多い日は、賄いを減らしてるようだし」

「あらら、店長には見抜かれてましたか。そうなんです、お腹の空き具合によります」

工藤さんは感心と落胆《らくたん》の入り混じった顔をした。

「あたし、自分のお腹がどれだけ満たされているのか、満たされていないのか、太り始めたあたりからすっかり分からなくなっちゃった」

どこかでヴーヴーと重低音が聞こえた。

工藤さんは眉をひそめたが、例によってすっかり染みついたような動きでバッグを漁《あさ》って、スマホを取り出す。重低音がくっきりとした。ちょっとごめん、とふたりに断ってスマホを体で隠すようにして出る。

ママ？　何時に帰るか分かりません。迎えはいりません。大丈夫、はい、予約？　誕生日の？　はい分かりました、その時間までには帰ります。

アイスリンクのように真っ平《たいら》で熱のない受け答えをした後、電話を切ってバッグにしまう。

「ごめんね、食事中に」

彼女はバッグに目を向け、爪を噛み始める。

少しの間の後、登磨と美玖が注目していることに気づくと、バツが悪そうな顔をして手を下ろした。

「あの日、このレストランを目指したのは、本当のところ嫉妬《しっと》したから。ママが、明智君を一国一城の主とか、素晴らしい料理を作るとか、才能があるとか、やたら持ち上げたの。ママが明智君を褒めれば褒めるほど、あたしは自分が貶《おとし》められてる気がしてきた。あたしにはこれといった才能もないし、料理だって包丁で手を切るレベルだし、仕事は上司の下で働くだけ。いつもならぐっと堪えるんだけど、ママの期待に添えない娘なんだって、惨《みじ》めさとイライラで、どうしようもなくなって発作的に飛び出してしまった。ママがそこまで持ち上げる明智君のレストランとやらがどれだけ立派なものなのか確かめたかった。そして、『なーんだ、こんなもんか』って貶《けな》したかった」

　登磨は吹き出したが、工藤さんは真剣だ。

「どう？　惚《ほ》れ惚《ぼ》れするほど根性悪いでしょ。自分がつくづく嫌になる」

　右手で前髪をかき上げようとしたが、かじっていた指が赤く染まっていることに気づいて手を下ろす。

　美玖が紙ナプキンを渡した。泣き出しそうな顔で礼をいって受け取り、指を包む。紙ナプキンのカサカサと乾いた音が聞こえる。落ち葉の下に虫が潜り込む音に似ていた。

「自分がギリギリの時に、ひとのマイナスを期待しない人間って何人くらいいるのかな」

　ボウルやスプーンを流しに下げながら、登磨はいう。

「優しいこといわないでくれる。それに、あなたも」

　工藤さんは美玖を横目で見て、赤い染みが広がる紙ナプキンに包まれる右指をわずかに掲《かか》げた。「優しいよ。なんなのここ。泣きそうになるんだけど」

「今は泣いとけば？　どうせ後で笑うことになるんだから」

洗い物の手を止めて登磨がいうと、工藤さんがぽたりと涙を落とした。カウンターを打つその一滴《いってき》が、店内のさざめきを突き抜けて、耳に届いた。

美玖がまた、紙ナプキンを差し出す。

工藤さんは無言で受け取って目に当てた。

登磨は、まだ手のつけられていない工藤さんのための料理を見やる。

「痩せることで自信を保っているようだけど、体にも心にも限界ってのはある。今は負荷がかかりすぎてる。どうせする努力なら、自分の命をすり減らす努力じゃなくて、健康的な自信を持てるものに力を注いだほうがいいよ」

「それって何？」

「あの、何か好きなことってありませんか？」

美玖が問いかけた。

「何もないわ」

登磨は感心する。

「すごいなあ、風を感じるほどの即答。考える前に脊髄反射《せきずいはんしゃ》で答えてるみたい」

「だって本当に何もないんだもの。あたし、なんにもない……」

「そういわずに。たとえばあたしなら、このレストランと、店長と、お料理と――」

美玖は以前、父親と揉《も》めた時に、ここが自分の職場だといってくれた。登磨もそう思う。働く場は生きる場だ。

「それから、葵岳が好きです！」

それを聞いて登磨は祝福された気持ちになる。よかった、美玖はこの山をわだかまりなく好きだといえるようになったのだ。

工藤さんは目を丸くしている。

「こんなにさらっと、好きなことを口に出せるおとなってなかなかいないわ」

美玖はうふふ、と首をすくめる。

「ありがとうございます」

工藤さんが、美玖の素直さに当てられたような当惑顔を登磨に向ける。登磨は片眉を上げただけ。

美玖は幸せを見つけるのが上手《じょうず》なんだと思う。子ども時代に一番大事なものを失ったがために、そうしようと意識をシフトチェンジさせていったのかもしれない。

「好きなものをいうと、それだけでずいぶん気持ちが明るくなりますよ」

美玖がほくほく顔で働きかける。

工藤さんは束《つか》の間《ま》黙考して、出入り口へ顔を向けた。

ドアの横には傘立てがあり、お客さんに使ってもらうためのビニール傘が二本立てかけてある。しかし、お客さんのほとんどがクルマやバス、タクシーで来店するので、よほど雨が強く降らない限り傘を使うことはない。

「……傘。あたしは、傘が好き、かな」

自分の気持ちを正確に拾い上げるように、ひと言ひと言を慎重にいった。

「傘の機能にも形にも興味がある、かもしれない」

「いいですね！」

美玖が、満面の笑みで全肯定する。

「どういうところが好きですか？　クラゲっぽい形ですか。傘の中で歌うといい塩梅《あんばい》に声が響いて、さらに上手に聞こえるんですよね。あたし歌が得意なんで、もしよかったらまたバースデーソングを一発歌っ」

「美玖ちゃん、歌は休憩しよう」

登磨が止める。

工藤さんが目元を緩ませた。

そうね。そういわれればクラゲって、ふわふわして、束縛されてる感じがないわね、と視線を下げて何もない宙を見つめた。

「傘って、雨や日差しから守ってもらうためにあるでしょ。ちなみにあたしの傘は日傘にもなるの。デザインも豊富だし、見ていて気分が上がる」

「デザイン、大事ですねえ。それによって、外出が楽しみに変わったりもしますもんね」

工藤さんは、認識を改めるみたいに美玖を見返す。このこぐま、ただのこぐまじゃないと分かってくれたら登磨としても鼻が高い。

工藤さんの顔が徐々に輝き出す。

「そうなの。機能や素材に加えて、デザインも当然、価格に跳ね返るわ。自分を保護してもらって、好みのデザインでご機嫌でいるために、世間のひとが払う金額はいくらなんだろうってちょっと気になる」

「ふうん」

洗い物を片付けていく手は速いが、口ぶりはのんびりしている登磨。さほど食いついてこないからなのか、工藤さんが拗《す》ねた顔をした。

「明智君はすっかり忘れてるでしょうけど、中学校の時、あたしに傘を貸してくれたことがあったのよ。折り畳み傘を開いたら骨を折っちゃってイライラしてたところに、これ使ってって。ビニール傘」

「覚えてないなあ。それ多分、置きっぱなしにしてた傘だったんじゃないかな。普段オレ、少しくらいの雨だと使わないから」

「……やっぱりね。借りた傘、開いたら蜘蛛《くも》が落ちてきて腰を抜かしかけた」

キュッと睨《にら》む。登磨は爆笑しながらごめん、と謝る。

「明智君、傘使ったほうがいいわよ。風邪引くかもしれないでしょ」

「一応、人間やってんだから、風邪ぐらい引いたほうがいいんだろうけど、甥《おい》にいわせりゃ、オレは風邪を引かないらしい」

工藤さんは意味を考えるような間を空けてから、ちょっと笑った。

「呆れた。明智君こそ自分を守ろうっていう意識が薄いんじゃないの。雨が降り出しそうなのに、ジョギングしてたし。あたしがいたからいいけど、雨降ってきたらどうするつもりだったの」

「濡れとけばいいじゃん」

登磨はストレートにいう。工藤さんが口を丸く開けた。

「降り出してもないのに、あれこれ持つなんて考えられない。邪魔《じゃま》くさいし、動きにくいじゃん」

傘が好きだという彼女に意見を述べても、臍《へそ》を曲げた様子はなかった。それどころか、聡明な顔つきで何かを黙考した。

それから指を包んでいた紙ナプキンを取る。すでに血は止まっていた。紙ナプキンをたたんでポケットに収めると、おしぼりで手を拭く。

そしておもむろにフォークを手に取ると、ケーキのひと切れに刺《さ》した。

美玖は前のめりになって、ふたつの拳《こぶし》を作り、励ますように力強く頷く。そうされて工藤さんは、かすかに目の下を引きつらせた。

そんなおおごとにされたら、食べづらかろう。

登磨は、美玖の視線を逸《そ》らすために話しかける。

「そういえば、ショップカードのイラスト、評判いいよ」

伝えると、美玖は顔を輝かせて振り向いた。

「よかったです！　あたしイラストも得意なんです」

「個性的なヒトデだって」

「……………キセキレイです」

「………………………ですよね」

ふたりの会話をよそに、眉をきつく寄せた工藤さんは深呼吸して、まずはついばむ程度にかじった。

張り詰めた雰囲気で食事をするひとを、登磨は初めて見る。

そうやってひと切れをようやく食べきると、彼女の肩や背筋から力が抜けた。よほど緊張して食べていたようだ。

「久しぶりにお肉とかチーズとか、好物を食べたわ。罪悪感はあるけど、でも不思議とテンション上がる」

「ベーコンは鹿肉だよ。カロリーは牛の約半分だから、まあ、めったに太らないはず」

「ありがとう。これ、やわらかくてジューシー。全然獣《けもの》臭くないし、あっさりしてる。きめの細かい肉の間に旨味がみっしり詰まってる。葵岳の鹿なの？」

「そう」

工藤さんは窓ガラスに顔を向ける。

今の季節、葵岳はこの世を祝福するように赤や金色であふれている。

「きっと伸び伸びと走り回ってたんだね」

口調には憧れがこもっていた。ほかの料理もひと口ずつ食べてくれる。

フォークを置いた時には、眉間のしわが消えて、目に瑞々しい光が射していた。

自分の作ったものを食べて、明るい表情になってくれるのは純粋に嬉しい。

「ごちそうさまでした。どれもとてもおいしかった。ごめんね、できればもっと食べたかったんだけど」

「急には無理ですよ」

美玖がフォローする。登磨は頷く。

「ちょっとは元気になった？」

「そうね。そんな気がする。胃から温かさが広がってく。ゆったりしてきた。なんか、あたしも、あたしだけじゃなくて誰かをこういう気持ちにさせたくなってきた」

「できるよ。好きなことやしたいことが思い浮かんだ時点で、一歩踏み出したってことなんだから」

登磨が自信を持って請《う》け合《あ》うと、工藤さんは目を細めた。それからフロアを見回す。

「いいところだね」

「うん。ここは仕事がしやすいし、お客さんものんびりしてるし、時間もゆったり流れて、広がっていく気がするんだ。安心して息ができて、緩やかに生きられると思う。受け入れられてるって確信できる、オレにとってはいい場所」

梢の揺れる音と野鳥の声が聞こえてくる。
メニューを検討していたテーブル席のお客さんが、登磨くーん、と呼びかける。ラタトゥイユ食べたいんだけどさ、ズッキーニ抜かしてもらっていい～？　と気さくに要望する。登磨は、「いいっすよー」と返事をして冷蔵庫を開け、「代わりにエリンギ入れときますかー？」と代替案《だいたいあん》を出す。

　それいいね助かるー。

　のどかなやり取りと、お客さん同士で交わされる和やかな会話と、食器とカトラリーが触れ合う小さな音は、温かく、店内を安らかに満たしている。

「あたしのこと、受け入れてくれてありがとう。さっき、『いいところだね』っていったけど、いいところを作ったんだね、明智君自身が」

「オレだけじゃ作れないよ。周りのおかげなんだ」

　工藤さんが目を見開いた。

「どうしたの、その謙虚《けんきょ》さ。明智君らしくない」

　確かに、少し前の登磨なら「オレだから作れたんだ」とでも答えていただろう。

　周りのおかげと思えるようになったのは、ばあちゃんのノートのおかげだ。それともうひとり――。

　工藤さんの隣に視線を向けると、美玖は皿にこぼれたケーキのかけらを熱心にフォークで集め、口に運んでいるところだった。

「でしょ。オレってめっちゃ謙虚なんだわ」

「あ、読み誤《あやま》った。そういってる時点でまだまだ謙虚じゃない」

工藤さんが頰を緩ませる。

「あたし、サプライズ苦手なんだよね」

軽い不満顔で工藤さんは登磨と美玖を交互に見る。

「入っていきなりクラッカー鳴らされて、あたしムッとして速攻出たでしょ。なのに、追いかけてくるとは。予想だにしなかった。正直、そっちのほうがサプライズだったよ」

「そりゃ、追っかけるでしょ」

登磨がいう。美玖がそうするように背を押してくれたし。「戻ってきてくれてよかったよ」

工藤さんは泣き笑いの顔をした。

「だって、明智君、料理と真剣に向き合ってるし、美玖さんも優しくて嫌な顔ひとつしなかった。何かを一生懸命やるひとのしっかりした芯《しん》を見せられた気がした。自分たちが楽しむためのサプライズじゃなかった。あたしを元気づけようとしてくれてるのが分かった。あたし、あなたたちのために何もしてないのに、それでもこうやって作ってくれた」

「そりゃあね。友だちの『生まれてきておめでとう』の日だもん」

工藤さんはエリンギをスライスしているシェフを数秒見つめた後、視線をケーキに落として洟《はな》をシュッと啜って、顔をクシャッとした。

「不思議。苦手なはずだったのが嬉しくなってる」

美玖は、やった、とガッツポーズをして、工藤さんにハイタッチを求め両手をかざす。

工藤さんは意味が分からないようでぽかんとしている。

美玖は両手を軽く打ち合わせるとまた、工藤さんにかざした。工藤さんは、あ、と閃いてふっくらした美玖の手に、痩せ細った手を合わせる。ポヒュッと力の抜けた音が出た。

今の工藤さんらしいと、登磨は思った。

「あたしも作れるかな、いい場所」

「そりゃできるでしょ。この世に生まれたってことは、作れるってこと」

工藤さんは自分が食べた皿を見下ろす。

明智君が電話でいった、『忘れ物』ってあたし自身だったのかな、と呟いた。あたしの姿が見えないっていったもんね。

「『誕生日に合わせて有給休暇を使ったんじゃないか』って、アレ。あたしはきっと自分が生まれたこの町で、誕生日に、また生まれ変わろうとしてたんだと思う。自分のことなのに、そんなことさえ考えずに過ごしてたわ。今年の誕生日は特別。今日、今、生まれ変わったみたい」

工藤さんは顔をくしゃくしゃにした。

「素敵な誕生日をありがとう」

駐車場から工藤さんを乗せたタクシーが出ていく。駐車場とアプローチの境に立って見送る登磨と美玖。

食事中、数回スマホは唸《うな》ったが、彼女は一瞥したきりとうとう出なかった。

登磨は、かたわらで手を振っている美玖にいった。

「美玖ちゃんが、待ったをかけてくれてよかった。ありがとう」

「かけましたっけ？」

「食べないって決めてるひとに食べさせようとするのは、無理させることになるから食事を楽しめないっていってくれた。オレ、飯は楽しいものって思い込んでた。片側からしか見てなかった。みんながみんな、飯を食うってことが好きなわけじゃないよなって分かったよ。今回はいい勉強をさせてもらった」

「あたしの食い意地がお役に立ってよかったです」


ひつじ雲が、澄《す》んだ青空にのほほんと広がっている。

紅葉は進み、駐車場は暖かそうな落ち葉で埋め尽くされる。


数日前。

工藤さんは東京へ戻る前に、葵レストランに寄ってくれた。

入ってきた時の、こんにちは、という声が明らかに違っていて、軽やかだった。

カウンター席に腰を下ろした彼女は、温野菜のサラダと、鶏のささみのグリルを頼んだ。

まだカロリーは気にしているようでオイルドレッシングはなし、という注文だったため、塩胡椒を振って、レモンを絞った。

「お顔が晴れ晴れとされてますね」

美玖が料理を出しながら、気を引き立てる。確かに、工藤さんの顔色はよく、表情も生き生きとしている。

「そう？　ケーキを食べられたおかげかな。きっかけをくれてありがとう」

登磨と美玖が首を傾げると、彼女はかたわらに置いていた紺色の傘をちょっと掲げた。

「この傘メーカーに移ろうかと思ってるの」

「よく決心したな」

登磨は眉と口角を上げた。

「何か足がかりができた？」

「うん。うちの会社に出入りしてる営業さんにメール送ってみたの。そしたら、その会社には知り合いがいるから取り次いであげるっていってくれて。あたしが、マーケティングやってて、英語も話せるし、デザインも学んできたっていったら、いい感じの返事が返ってきた。まだ採用は決まったわけじゃないのに、ワクワクしてる。久しぶりの感覚だよ」

「わあ。きっと、うまくいきます！」

美玖が胸の前で手を握り合わせる。

工藤さんが美玖に微笑《ほほえ》み、登磨に顔を向けた。

「大きな会社じゃないから、パパとママ……両親にはなんていわれるか分からないけど」

「まだ話してないんだ？」

「いったら、決心が鈍りそうだから」

工藤さんはチキンを切り分けて、この間よりずっと自然に頬張った。

「今度は親の意向とか、会社の規模とかネームバリューに惑わされない。だってあたしの人生だし、あたしには目指すものができたんだもの」

親からかけられたにしろ自分でかけたにしろ、呪縛《じゅばく》というものは、そう簡単に解《と》けるもんじゃないんだろうけど、縛られながらも彼女は一歩踏み出した。

登磨はその一歩を称《たた》えるように頷く。

「好きなものは、救ってくれるんだ。でも、何より、君の考えが変わったこと自体が、君自身を救ったんじゃない？」

口の中のものを飲み込むと、工藤さんはスッキリとした笑みを見せる。

「傘はずっとあたしを守ってくれていたけど、あたしはいつの間にかその下から出るのが怖くなって、伸び伸びと動けなくなってた。でも、ぼちぼち出るよ。出て、今度は誰かのために、雨でもカンカン照りでも、行きたいと思った気持ちのまま、どこへでも自由に行ける傘を、あたしが作る」

第四話
水ぬるむ頃まで
ホワイトソースと厄介な頼み

新しい年を迎えて一週間たった。
葵岳《あおいだけ》に積もる雪は、目に染《し》みるほど白く、青みがかってすら見える。

☆季節のおすすめ☆

活《いき》ホタテのこんがりソテー　ホワイトソース（程よい歯ごたえがありながら店長の肌のようにきめ細かで、濃厚《のうこう》な甘味の分厚くぷりっぷりの平内《ひらない》産ホタテ使用。雪のように真っ白でなめらかなホワイトソースともよく合います）

冬野菜のバーニャカウダ

バターナッツパンプキンのこっくりスープ

クレープキラキラアップルジュレがけ　甘酸《あまず》っぱい完熟《かんじゅく》紅玉使用（こぐま渾身《こんしん》の手絞《てしぼ》り果汁）

A型メニュー看板《かんばん》のそばに立つ大小の雪だるまは、薪《まき》の腕をわっしょいと振り上げて「無病息災。この世は事もなし！」というように万歳《ばんざい》している。

明け方、除雪車が来た。チェーンの音と振動を頼もしく響《ひび》かせながら駐車場の雪を綺麗《きれい》に除雪していってくれた。町の駐車場の恩恵をひしひしと感じるのはこういう時だ。巨大な滑《すべ》り台《だい》のように積み上げられている雪を見上げて、ありがたいなあ、と感謝する。

イスカの鳴き声が、薄く凍《こお》りついた空気を割る。レストランに影を伸ばしていたブナの木から、雪がどどっと音を立てて落ち、新しい日差しが店内に射《さ》し込んだ。

窓の向こうに、雪だるまの腕に留まるキセキレイと、しゃがんで看板にメニューを書く美玖の姿がある。

美玖が何か話しかけると、日の光をちぎったように眩い小鳥は首を傾《かし》げてケシの実のような目で美玖を見た。キキンと鳴く。その鳴き声が、カラッと乾《かわ》いてキンと冷えた冬空に響く。キセキレイという鳥は、たいてい雪が降る頃になると、町などのわりあい暖かい場所へ移るものだが、このキセキレイはずっとここにいる。なぜかというと――。

美玖がポケットからシラスを撒《ま》いた。キセキレイは重力がないかのように軽やかに飛び跳《は》ねてついばむ。

餌《え》づけしてんだもん、そりゃあ里には下りないわなあ、と登磨《とうま》は納得する。美玖はおそらく無意識だろうが、そうやってキセキレイがここから離れないようにしているのだろう。

あけましておめでとうございます、今年もよろしくお願いします。

　今年初めてのお客さんには、そういって迎える。顔見知りのお客さん同士も新年の挨拶《あいさつ》をし合う。交わされるたびに店内の空気は清らかになる。

「いやぁ。この正月で幅《はば》が広がっちゃったよ」

　おじさんが腹をつかむ。

「オラはおでこ」

「ピカピカ光って縁起《えんぎ》がいいさ」

「なあに、この年さなれんば見てくれなんざ、どうだっていいっきゃ。人間中身だよ中身。で、今年の新年会だどもよ」

　四人のおじさんたちが、餅《もち》入りアヒージョを囲みながら新年会の相談をしている。美玖が若いカップルに、ふたつのクレープと温かいアールグレイを運んでいくと、奥の席のご夫婦の旦那《だんな》さんが手を上げた。

「すみません。パン、おかわりしてもいいかな。このソース全部食べたいから」

　ワサビソースが残った空の皿を指す。ソースにリンゴ果汁を垂《た》らしたのがよかったみたいだ。

「ありがとうございます！」

　美玖が張り切って礼をいい、登磨がバゲットをザクザクとスライスしてオーブンに入れる。戻ってきた美玖が丸い親指を立てる。

「さっすが店長！」

「美玖ちゃんのおかげ」

「あたしは何も」

「フルーティさが欲しいって、ヒントくれたじゃん」

「いいましたっけ。でもそれでリンゴを選んだのは大正解ですね」

オーブンが焼き上がりの音を発する。美玖がトングでかごに取る。トングが触れると、カリリッと音を立てる。外がカリカリなのはもちろん、焼き色と湯気《ゆげ》の具合から、中がふわふわなのも伝わってきた。

運んでいく途中のテーブル席で、男児がぐずり出した。葉っぱが盛り上がるボウルを押しやって首を横に振っている。登磨には彼の気持ちが痛いほど分かる。あの子とは友だちになれそうだ。

男児の前に座る母親は「サラダ食べないと、病気になっちゃうわよ。お注射《ちゅうしゃ》ブスリってやられるんだからね」とおとなの登磨であっても背筋《せすじ》がゾッとする脅《おど》し文句《もんく》をいい、子どもは案の定、青ざめて結果的には身も世もないとばかりにおんおん泣き出す羽目《はめ》になった。気の毒に。ご愁傷様《しゅうしょうさま》。

そこに現れたのが美玖。すかさず男児に声をかけると、子どもはぴたっと泣きやんで、美玖が持つかごを覗《のぞ》き込む。広がる鼻の穴。母親に向かってバゲットを指さす。「とってもいいにおい。こっちのほうがいい」。

母親は「パンばっかりじゃなく、野菜も食べなさい」と注意する。

美玖が「お野菜のジャムをおつけしましょうか。ライ麦パンならジャムに加えてよりたくさんの食物繊維《しょくもつせんい》も摂《と》れますよ」とさらりと売り込めば、母親は「あら、それぜひお願いしたいわ。それと、持ち帰りもできます？」と注文してくれた。

カウンターの端の席で、メニューを見ていた若い女性が、登磨に小さく手を上げる。

「すみません、アレルギーがあるので、バーニャカウダの海老《えび》とか蟹《かに》を除《よ》けてもらうことはできますか？」

アレルギーと聞いて登磨は、一瞬《いっしゅん》気が引き締まった。が、すぐに穏やかな空気をまとい直す。

「大丈夫ですよ。代わりに、銀鱈《ぎんだら》と鯛《たい》にしましょう」

「ありがとうございます」

聞いてみてよかった、とお客さんが肩の力を抜く。

食べ終わったお客さんが精算に立った。美玖が戻ってきてレジに入る。

美玖が見送り、登磨は空っぽの皿を洗う。牡蠣《かき》フライにつけたタルタルソースもすっかりなくなっている。気に入ってくれて平らげてくれたのかもしれないが、足りなかったということもあり得る。次はもっと盛ろう。下げられた皿は情報の宝庫だ。

ランチタイムが過ぎ、店内が落ち着きを取り戻した頃だった。

電話が鳴った。

そばにいた登磨が出ると、男性の声が軽やかに地元の新聞社名を告げた。

『青森新報《あおもりしんぽう》の西野《にしの》と申します』

西野……。

登磨のこめかみがピクリとする。

突然のお電話失礼致します、に続いて礼儀正《れいぎただ》しい挨拶が聞こえてくる。

登磨は声が出なかった。それで相手は察したのだろうか。

『あっれ、ひょっとして、登磨君かな?』

「すみませーん、ちょっと店内の雰囲気《ふんいき》を撮らせていただきまぁす。写真、アウトな方はおっしゃってくださいね〜」

西野は翌日の十一時過ぎ、肩に、クルマのバッテリーかといいたくなるほどごつい一眼レフカメラを提げてやって来た。黒いダウンジャケットの前を開け、シャツの胸ポケットにペンやICレコーダーを挿《さ》し、薄いノートを手にしている。

帽子《ぼうし》から、ボリュームのあるチリチリクルクルの髪の毛がはみ出ている。煙草《たばこ》のヤニを頭からかぶりました? と聞きたくなるほどの臭いをさせ、地黒の顔は脂《あぶら》っぽく光っていた。

登磨はコンロの右手にある小さな調味料のラックに目を向ける。もらったはいいが置く場所がないので、一時的にどくろマークがついたハバネロソース瓶《びん》の上に置いた名刺《めいし》には、「(株) 青森新報　編集局　地域企画担当記者　西野将晴《まさはる》」と書かれてある。

営業中は対応できないから、来るなら休憩《きゅうけい》時間中にしてくれと頼んだが、彼は「休憩中に行ってどーすんの。営業中の登磨君と店内の様子を撮影せにゃ意味ないでしょう、相変わらず空気読まないなあ」と清々《すがすが》しいほどあからさまに登磨を小馬鹿《こばか》にして、一歩も引かなかったのだ。

相変わらずそういうやつ、というのはお互い様だ。

「記者さん、登磨君の同級生なんだって？」

今日も普通にいる佐々木《ささき》のじいさんが西野に話しかけた。その小さな目は好奇心に満ち満ちている。

「なんだか残ってる面影に心当たりがあるんだよ。ひょっとして、子どもの頃、引っ越して来なかったかい？　病院そばに新しくできたアパートに。名前はえーと」

思い出そうとしていた情報通の佐々木のじいさんが、手を打って西野を指した。

「東野《ひがしの》君じゃ」

「西野です」

方角違いを、カメラをいじりながら訂正《ていせい》する西野将晴。

「ぼく、小学校五年の時にこの町に越してきたんですが、六年生の終わりにまた八戸《はちのへ》に移ったんです。そんな短い間にできた最初の友だちが登磨君だったんですよ。大親友です」

大親友が十五年も音信不通同士なんです、と呟《つぶや》きながら、登磨はホタテ貝の口に、へらをガツッと挿してめりめりと剝《は》がしていく。

「十五年じゃないよ、十四年だよ」

西野はファインダー越しに登磨の言を正す。

クラス替えと同時の新学期に転校してきた西野は、春の遠足で同じ班になって以降、登磨に絡んできたり、何かと頼ったりしてきた。

登磨が相手をしたり頼み事を聞いていたのは最初の頃だけで、登磨に新しい友だちができ始めると、西野は近づいてこなくなった。

代わりに優しそうな子やグループに所属していない子には威張《いば》って近づいていったが、それも夏が近づいてきて、友だち関係がはっきりしてくるまでで、いつの間にか彼はひとりで携帯ゲーム機で遊ぶことが多くなる。自分はお前らとは違うんだオーラを放っていた。友だちは少なかったと思うが、彼はその時間を楽しんでいたように見えた。

西野はカウンター内にずんずん入ってきて、手元を接写しようとしてぶつかりかけ、身を起こしてよろめき、反対側でクレープに生クリームを絞り出していた美玖にぶつかった。あ、と美玖が小さな声を上げる。絞り袋の金具が生地《きじ》にめり込んでいて、生地が無残に裂《さ》けてしまっていた。

「おっとぉ。派手に台なしになりましたね」

西野はケロッとして謝りもしない。

「大丈夫です、すぐに焼き直せますから、西野さんは大丈夫ですか？」

逆に美玖に案じられている始末。厚顔《こうがん》が服を着ているような西野は「大丈夫ですよ。ここの厨房《ちゅうぼう》、狭《せま》すぎですよねー、あっはっは」と笑う。

「大丈夫、じゃないでしょ。君、普通に邪魔《じゃま》なんだけど」

「はいはい。すぐに出るから」

　登磨が苦言を呈《てい》すると、断っておきながら、しゃがんでカメラ越しに登磨を見上げたり、スツールに立って俯瞰《ふかん》からシャッターを切ったりして、登磨を何枚も写す。挙句、不満顔を見せる。

「登磨君、もっと笑えないの？」

「は？」

「店長は鼻歌は歌っても、調理中は笑いませんよ」

　生地を焼きながら美玖が代弁する。

「鼻歌歌うの？　今は歌ってないけど」

「そういわれればそうですね」と美玖が首を傾げて登磨を見る。

「登磨君にしちゃ、珍《めずら》しく緊張《きんちょう》してるんだ。やっぱりマスコミさん相手だからね」

　佐々木のじいさんが登磨の胸の内を読む。緊張ではないが、そう受け取ってくれていても支障はないので、特に否定はしない。

　登磨は西野から意識を切り離し、料理に集中することにしてホタテを開いていく。

　一瞬、手が止まる。

　エラにオレンジ色の粒がある。寄生虫《きせいちゅう》だ。貝類にはつきものだ。エラにくっついて血を吸って生きている。あまり血を吸われると、宿主は痩《や》せてしまう。食べても害はないが、除去して丹念《たんねん》に洗う。

次いで、ホワイトソースの鍋《なべ》に手を伸ばした。

が、急遽《きゅうきょ》、その手をラックへと変更。

クレープを焼いていた美玖に見られたが、彼女は何もいわなかった。

バルサミコ酢《す》やはちみつを、手早く混ぜていく。西野のじっとりとした視線を右のこめかみに感じたが、佐々木のじいさんが西野に質問すると、その気配は立ち消えた。

「記事はいつ載《の》るんだい？」

西野が足取り軽くカウンターから出ていく。

「来週です。特集記事になります。楽しみにしといてください。ところで、常連さんですか？　登磨君の料理どうですか、登磨君はどうですか。店の雰囲気とかいかがですか」

胸ポケットからＩＣレコーダーを抜いてマイクのように向け、優しい老人にぐいぐい迫る。

とことん小学生の頃と変わってない。

「登磨君は料理に夢中な子でね」

老人は、ひげを気取った手つきでしごいた。

「ああ、ですよね。昔からそうでしたね。そういえば、弁当ありますでしょ、遠足とかの。あれ自分で作ってきてましたから。ぼくも味見をさせてもらいましたが、おいしかったです。チキンナゲットだのおにぎりだの」

答えを横取りして、語る西野。

「卵焼きだの」

そして、チラッと登磨に視線を流す。登磨は西野と目が合ったが何もいわずに、フライパンの中で沸き立っているオリーブオイルの中に、いくつかのホタテを転がす。じゅわあぁっと音が立ち、見る間に香ばしく色づいていく。

「そちらの従業員さんはいかがですか？　シェフはどんな感じです？」

今度は、美玖にＩＣレコーダーを向ける。

「大好きです！」

美玖の回答は振り切った感情論だ。西野の目が死ぬ。

「大らかで、穏やかでありながら、時にキリッとしてるし、力持ちです。なんたって店長はイタリアにいた時に、マンホールのオットットまで、しかばねを背負って運んだこともあるんですよ」

美玖は胸を張る。

西野が登磨に通訳を求めるような目を向けてきた。

登磨は「マッターホルンのトラットリアに鹿を運んだ」と訳す。

西野はフロアのお客さんへＩＣレコーダーを向けた。

登磨が、お客さんの邪魔すんなよと牽制したが、鮮やかに無視する。

「お食事中すみません、こちらのレストランいかがですか？　率直にお答えいただければありがたいです。店長さんの印象でも、従業員さんの印象でもなんでも結構です」

「孫さ連れられで、初めて来たんだけんども、んめもんだなあ」

と、何度目かの来店の馬場《ばば》の祖母、ハナさんが口をモグモグさせる。

「時々寄らせていただいてます。ここのお料理だけは、母もゆっくり食べるんです」

と、硬《かた》い笑顔で声を上ずらせる馬場の母親。

その隣にいた男性客に視線を移した西野が「お」という顔をする。

「健《たける》君じゃない？　ここ、どう？」

馬場はちょっと迷惑そうな顔をした。

「おいしいよ」

馬場は、デミグラスソースで煮込んだ鹿肉を口に入れる。

「飽きない。くどくない。西野は食べた？　食べてみな。従業員のこぐまちゃんのアドバイスもあるのか、味が不思議と自分にピタッとはまるから」

あ、そう、と西野はその場を離れ、邪魔するなと釘《くぎ》を刺されていたのに、ほかのお客さんにも手当たり次第にレコーダーを突きつける。幸い誰も気分を害さないでいてくれた。さすが西野、ひとを選んでいる。

新聞記者がカウンターに戻ってきて、イスにかけた。

「従業員て、彼女だけなんだ。よくこれで回していけるね。評判からいって、もっといるのかと予想してた。ごめんね、一回も来ないでさ」

ペラペラとよく回る舌で、綿埃《わたぼこり》よりも軽く謝られる。軽んじられているような気がする。おそらくほかの取材対象者には、最初に電話で名乗った時のように慇懃《いんぎん》な態度なのだろう。この男はそのへんの区別の仕方が昔から神がかり的に上手《うま》かった。

電話であらかじめいわれていた季節のおすすめ料理をカウンターに並べる。

ホタテのソテー、バーニャカウダ、パンプキンスープ、紅玉のクレープ。

「これポイント教えて」

西野が写真を撮る。

「ポイント？　ホタテが新鮮で身が締まってるとこ。平内町から取り寄せてる。頬張《ほおば》るとホタテの旨味《うまみ》が広がるんだ。せっかくの新鮮なホタテだから、火を通しすぎないようにして、ジューシーにふっくら仕上げてる」

「ふーん。で、ソースなんだけど、メニュー看板には『ホワイトソース』って書いてあったよね。これは？」

バルサミコ酢のソースがかかっている。登磨は眉尻にチリチリしたものを感じた。

「……君、牛乳アレルギーだったろ」

「おっ、登磨君覚えていてくれたんだ、ありがとう」

西野の密生した太い眉が吊《つ》り上がる。かすかな棒読み臭がしている口調から、やはり、登磨が覚えているということは織り込みずみだったようだ。そして、ふとよぎった疑問は、目的はただの取材なんだろうかというもの。湧《わ》いてきたのは、小学生の頃みたいに頼み事をしてくるつもりじゃないだろうな、という自分らしくない疑念。

「ほかの料理でポイントは？」

「バーニャカウダのゴボウとか春菊《しゅんぎく》とかの野菜も、イカや鱈の魚介も全て県産。パンプキンスープに使ってるバターナッツカボチャは収穫したものを寝かせて、熟成させてから使ってる。元から繊維が少なくねっとりしてるやつを、さらによりなめらかな舌触りにした。それで、ええと、クレープは美玖ちゃんから伝えてもらえるかな」

美玖に水を向けると、美玖は「はいっ」と小鼻を膨《ふく》らませる。

「もちもちでしっとりした生地で、焼き紅玉と大粒のマロングラッセを包みました。ポイントは、ギリギリまで薄ーく伸ばした生地です。絹《きぬ》のようになめらかで繊細な舌触りに仕上げています。コツはひっくり返す時に、勇気を持って一気にえいやっとやるところです」

コツが勇気って、と西野が、プッと吹く。

「本当に彼女は熱心に頑張《がんば》ってる。家でも練習してるんだ」

登磨が口を挟む。美玖の目が丸くなる。

「知ってたんですか」

「うん、いつも次の日には、前日より格段に上手《うま》くなってるから」

「ありがとうございます！」

美玖が切れのいいお辞儀をする。西野がちゃちゃを入れる。

「頑張ってるのは、麗《うるわ》しの登磨君のためかな」

「お客さんのためだよ」

登磨がそういうと、西野は肩をすくめた。

洗い物は美玖が買って出てくれたので、登磨は並べた料理の前に座って取材を受ける。

隣のイスに、股関節《こかんせつ》が馬鹿になったみたいに大股開きで腰かけた西野は、フォークでホタテをひと突きしてひと息に口に押し込んだ。咀嚼《そしゃく》しながら、ICレコーダーを口元に持っていって、旨いっ、とひと言吹き込む。レコーダーを持った手の甲で皿を押しのけ、空いたスペースにそれを置く。これで味の感想は終了らしい。

「ええっと、このたびは『きらり人』の取材を引き受けてくださいましてありがとうございました、と。これ、ぼくが立ち上げた企画で、ひと月ごとに県内で活躍《かつやく》してるひとの特集記事を載せてるんだけど」

と、西野は鼻を高くする。

小学生の頃から企画力があった。学習発表会で登磨をシンデレラの王子役に推薦《すいせん》し、それに飽き足らず宝塚《たからづか》みたいな恰好《かっこう》の女装でバザーの売り子をさせる案を出して、登磨以外のみんなの賛同を集めることに成功した。発表会もバザーも成功させた西野は、一時、人気者になった。

「だんだん紙面が埋まらなくなってきて困ってたところに、リンゴ農家の剪定《せんてい》作業の取材が入ってね、そこのおじさんが、ええとここの店を……なんだっけここ……」

ペンを挟んでいる黒い手帖《てちょう》を手にした。ページが指にぺたりとくっついてめくれる。『カップルだった、元キラキラ』を紹介してくれたんだ」

「『コッヘル　デル　モタキッラ』です」

美玖が訂正を入れる。彼女もいい間違いは多いほうだが、店名は正確に呼んでくれる。自分が働いている場所を大切にしてくれているのだ、と登磨は受け取る。

「ちょっと過去のやつを調べたら、キツネが侵入した記事が出てきたよ」

「で、登磨君を思い出したわけ」

キツネ侵入と聞いて、美玖が唇を引き結ぶ。

「ありがとう」

棒読み返し。

「弁当を頂上まで届けてたんだって?」

去年は、七歳児参りという神事に際して注文を受けた弁当を、美玖が頂上まで運んだ。サンドイッチを注文した老婦人につき添って登ったこともある。また、頂上で行われた結婚披露宴のケータリングをやったことも。登磨は調理があるので、披露宴のケータリング以外、弁当デリバリーは主に美玖の役目だった。

「あいにく、今はやってませ……」

美玖が声を落として訂正しかけるのを、

「今は休み中」

と、登磨が上書きする。

休止することにしたのは、美玖のおっちょこちょいなところに加え、この山で起こった事故のトラウマが災いし、しょっちゅうケガをしていたから。

「ふうん、じゃあ再開もあり得るんだ？」

西野の問いを受け、デリバリー休止の責任を感じていたらしいこぐまが、期待に満ちたまなざしを向けてくる。

登磨は目で軽く頷《うなず》き返す。最近は失敗も少ないし、危なっかしさも見えなくなってきた。何より自然な笑顔を見せるようになったことが、彼女がトラウマを乗り越えた証だと判断できる。だったら、そろそろ考えてもいいかもしれない。

「ま、とにかくさ、紙面に載れば宣伝にもなるからいいだろ」

「うちの宣伝はさておき、地元食材を使わせてもらってるわけだから、読者がその食材に興味を持ってくれれば嬉《うれ》しいし、そっから購買につながれば、生産者にとっても悪いことじゃないから」

卓上のメニューには、生産者の許可を得て連絡先を添えている。

どうして料理人を目指そうとしたのか聞かれ、登磨は飲食店を経営していた祖母の影響《えいきょう》と答えた。経歴を聞かれたことには、東京の調理科のある高校に入学して、在学中に留学生としてイタリアで学んだ。卒業して就職し、いろんな料理や店を知りたくてレストランやホテルで世話になりながら勉強し、帰郷したと伝える。

話している最中、同級生はずっとシャッターを切っていた。

「……そんなにシャッター押してたら指紋が消えるか、バネ指になるんじゃないのか。だいたい、オレばっかり撮ってどーすんだよ。メインは料理だろ」

「正直、料理なんてどうでもいいんだ。登磨君のツラが、今回の紙面には必要なんだ。登磨君はせっかくそんな見た目をしてるんだから、もっと使ってアピールしてったほうがいいよ。仙人《せんにん》じゃあるまいし、こんな山の中に引きこもってないで」

「いい方」

「ここって営業時間何時だっけ……え？　七時から日暮れまで？　馬鹿じゃないの。夜中心の営業にしなよ、お酒も出して」

「うちは居酒屋でもバーでもクラブでもないんだ。そもそも夜ここに来ようとしたらクルマじゃないと」

「もっと儲《もう》かる工夫をすれば？　自らが広告塔になってさ。ってゆーかホームページもないなんておかしいんじゃないの。ＳＮＳもやってないとか、あり得ない」

「やってない店なんていくらでもあるだろ。スマホ握《にぎ》ってる時間があったら、包丁《ほうちょう》を握ってたほうが、お客さんにとってはいいだろ」

「とことん、料理馬鹿だなあ。休みの日は何やってんの」

「仕込み」

「以外で」

「うーん、運動したり、クルマ走らせたり、釣《つ》りしたり、ほかの店に食べに行ったり」

「店長、ほかのお店に行く時は、ぜひ、お供させてください」

美玖が、オーダーのクレープの皿を両手に、カウンターから出ていく。

「いいよ。——うちの従業員は仕事熱心だろ」

従業員を自慢した時には、すでに記者はカメラをバッグにしまい始めていた。

翌週金曜日、青森新報の見開き二面に亘って記事は載った。フルカラーで、盛りつけている登磨を下から見上げるように撮ったものが紙面を埋めている。頭上のステンレスの棚に照明が反射して、光が注いでいた。

美玖がコンビニで数部、入手してきた。一部は店の壁にかける用、もう一部はラミネートしてお客さんが手に取って読む用、そして一部は自分の保管用とのこと。それ以外は親友や知り合いに配る、布教用だという。

「うちにも届いてるのに」

開店前準備に勤《いそ》しみながら、登磨が、カウンターに放置されているたたまれたままのそれに視線を向ける。

「いーんです。いくらあってもいーんです。ああ、うちで取ってる新聞も取材しに来てくれないかな」

「美玖ちゃんは取材が気に入ったのかな」

「取材というか、店長が載ってる記事を気に入ってるんです」

美玖が紙面の登磨の言葉を読み上げる。

「【『地元の新鮮な農産物と、高品質で安全な食肉を使用しています。葵岳の山菜、鹿やアナグマなどのジビエ料理も提供中。より多くのお客様に地元のおいしいものを伝えたい。地元の一次産業を盛り立て、引いては県全体の活性化を促したい』柔和《にゅうわ》で穏やかな雰囲気をまとうシェフだが、そう語るまなざしは鋭《するど》く意欲的だ。若きシェフの挑戦が続く。】ですって！」

新聞を抱き締める、というか、抱き潰《つぶ》す美玖。

「オレ、こんな『まなざし』かね」

半笑いの登磨。

「さすが新聞記者さん、よく見てますよね」

「薄らぼんやりの目だろ、寝癖《ねぐせ》」

臨時《りんじ》休校で手伝いに来ていた瑛太《えいた》が、メガネの奥から硬質《こうしつ》な目を向ける。

「寝癖をあだ名みてーに呼ぶんじゃない」

登磨は首に結んでいたバンダナを頭に巻いた。

開店してしばらくすると、電話が鳴った。美玖が出る。弾んだ声で店名を名のり、ちょっとやり取りするとさらに声のトーンを上げた。

「青森新報をご覧になったんですね。ありがとうございます。予約ですか？　ええ大丈夫ですよ。はい、明日、十時。二名様で。かしこまりました」

受話器を戻して、振り返る。

「予約入りました！」

また電話が鳴った。美玖が出る。

と、ドアが開いた。女性が連れ立って入ってくる。登磨を見て、きゃあっと歓声を上げ指差してきた。青森新報を手にしている。載っている登磨の写真とカウンターの中にいる登磨を間違い探しのように見比べ、本物だとか、二次元超えた、などと頷き合って、歩幅の狭い小走りで近づいてくると、握手してくださいとカウンター越しに手を伸ばしてくる。

登磨が「はあ……」と薄らぼんやりした反応のまま、手を出すとギュウギュウ握って嬌《きょう》声《せい》を上げる。

続々入ってくるお客さんは、まずオープンキッチンの登磨に着目する。

可愛い、とか、フライパン振ってる、あ、味見した、塩の位置が高い、ペッパーミルねじってる、などとおよそ、動物観察のようなことをいい合う。

どれだけ観察されようとも、登磨は、小さい頃からそういう目にさらされてきたので免疫《めんえき》はある。むしろ、身ぐるみ剝がされないだけましだと思う。淡々《たんたん》と玉ねぎを刻み、パスタを茹《ゆ》で、肉を焼く。お客さんの要望に応え、お客さんの期待以上のものを提供するだけだ。

美玖が「予約入りました！」と登磨に向けて予約メモを振り、それを冷蔵庫《れいぞうこ》にマグネットで貼る。メモ紙は数を重ねている。受話器を置いた途端に鳴る。出る。読みやすい字で予約を書きつけ、スイーツを作り、フロアに出る。

やってきた佐々木のじいさんが、嬉《うれ》しそうに驚いた。

「冬場は満席になるなんてことはまずなかったじゃない。素晴らしいね、こりゃ」

「ええ、おかげさまで」

話し込むどころか、今日は手元から顔を上げる間も惜しい。

そんな登磨と美玖に、佐々木のじいさんはあまり話しかけず、珈琲《コーヒー》を啜《すす》って、頑張れ、と励《はげ》まして帰っていった。

お客さんたちは、口々においしかったといって満足顔で帰っていく。戻ってきた空の皿を洗うのはモチベーションを維持するにはもってこい。

午後になると、スマホを手にした女性たちが詰めかけた。青森新報は、記事をＳＮＳにも上げたらしい。予約の電話は断らねばならないほどとなった。

その日の最後のお客さんを見送ったのは、いつもより一時間以上、遅くなった。

看板をしまうために外に出た。辺りは真っ暗で、外の空気は凍りついている。その風が、火照《ほて》った体に心地いい。

ドアに「ＣＬＯＳＥＤ」の札《ふだ》を提げると、三人はテーブル席に崩《くず》れるように座った。

「すごいお客さんの数でしたね！」

正面に座る美玖が充実感いっぱいの顔をハンドタオルで拭《ぬぐ》う。前髪が額《ひたい》に貼りついていた。若干萎《しぼ》んだようにも見える。

登磨の隣で、瑛太がテーブルに伸びる。

「瑛太君、お疲れ様」

「どうも。美玖さんだって疲れたでしょ」

「うん、でも心地いい疲れ方してる」

「ろくに休憩も取らせてあげられなくて、すまん」

登磨はふたりに頭を下げた。

休憩時間も、続々とやってきて店の外で待つお客さんを見て、休んでいるのが忍びなくなったのか、美玖はそわそわし始め、それに影響されたのか瑛太も落ち着かなくなり、結局、休憩を短縮して店を開けた。

「そんなことないですよ。パンチェッタの味噌バターパスタは超おいしくて、体力復活しましたから！」

「美玖さん、生クリーム足してませんでした？」

瑛太が、美玖の食べ方を指摘《してき》する。

「見られてたか」

美玖が額を押さえてバツが悪そうに笑う。

「カロリーを摂りたかったの。生クリームを足したらマイルドになって、おまけにリッチな気分になっちゃう」

「それいいね。メニューに載せようか」

登磨が案を拾い、美玖が賛成し、仕事の話で沸《わ》くふたりに、瑛太が、まったくどこまでもかよ、と呆《あき》れたため息をつく。

「ふたりとも本当にお疲れさん。なんか食ってから帰って」

「わーい！　それじゃあ、えっとですね、えーっと」

美玖は視線を宙にさ迷わせて楽しげに考える。

「よし、分かった。ホタテのパニーニにしよう」

登磨は立ち上がってキッチンへ向かう。

「やった！」

テーブルに、ほとんどうつ伏せになってスマホを眺《なが》めていた瑛太が、お、と身を起こした。

「おい、ここの感想が上がってるぞ」

登磨はパンにホタテやエビなどを挟みながら、興味を示した。

「味か？　盛りつけか？　彩《いろど》りか？」

指を滑らせていた瑛太が渋い顔をする。

「……いや、オレたちの見た目」

登磨は興味を失った。


風呂に浸《つ》かって、二階の自室へ引き上げた登磨は、よく冷えたクラフトビールのふたを開けた。

瓶《びん》に口をつけ、半分まで一気に流し込んで口を拭う。火照った体が適度に冷やされていく。

奥入瀬《おいらせ》の工房で作られたこのビールは、麦の香りが鼻に抜け、喉越《のどご》しがいい。

あ、これカルボナードによさそうだ。牛肉をトマトなどと一緒にビールで煮込むベルギー料理は、寒いこの時期にぴったりだ。これなら肉がやわらかくなってコクが出るだろう。カリフラワーとか大根とか冬野菜のビールピクルスにも使いたくなる。味に深みが出て甘くなるはずだ。

東京のレストランで働いていた当時も、今日のように忙しかった。だが、今日みたいに生き生きとはしていなかった。

窓を開ける。透明《とうめい》な氷の匂いをまとう風が入ってくる。

こんな気持ちを味わえたのは、悔しいが、西野のおかげだ。

部屋から漏れる明かりの中を、細かい雪がこぼれていく。この雪は、積もるぞ。


この三日間で最高潮に混んでいる日曜日のランチタイム。

伝票を手にカウンターに戻ってきた瑛太のメガネのツルの下で、血管が浮き上がっていた。問えば、勝手にオレの写真を撮る、と伝票を強く置く。字が紙にめり込んで乱れている。

「写真ぐらい撮られたっていいだろ、減るもんじゃないし痛くもかゆくもないんだから」

パスタを皿に高く盛りながら適当に答えると、メガネのレンズに鋭くひびが走ったように見えたので、登磨は甥の代わりにパスタを手にフロアに出ていった。

「キャアア来たー！」

ゴキブリが出たのと同じトーンが耳をつんざく。

パスタを出して、騒ぐお客さんたちに「すみません。料理の写真はご自由に撮っていただいて構わないのですが、従業員の撮影はご遠慮いただいてもよろしいでしょうか」と頭を下げた。お辞儀が綺麗、といって撮られる。

「ちょっと、今あなた、あたしを撮ったでしょ」

向こうのテーブル席で険悪な声が上がった。登磨は顔を向ける。隣のテーブル席で女性がカウンターの女性を睨《ね》めつけている。

「はあ？　撮ってませんよ。彼を撮ってたんですから」

二十歳前後に見えるカウンター席の女性が、派手に飾った爪で別のお客さんのオーダーを取っている瑛太を指す。どちらにも女性の連れがいるが、双方止めようとはせず、それどころか援護《えんご》するように相手側を睨《にら》んでいる。猫《ねこ》の喧嘩《けんか》のようだ。

「撮ったわよ。データ消して」

撮った撮らないで揉《も》めて、カウンターの女性はテーブル席の女性にスマホを向けて、写《うつ》っていないことを確認させた。

それで一応は収まったが、剣呑《けんのん》な雰囲気は店全体へ浸潤《しんじゅん》する。

登磨はカウンターに戻ってくると、レジの下の引き出しを開け、Ａ４の紙と、黒い油性ペンを取り出し、店内撮影はご遠慮ください、と書いた。美玖が覗き込んで「店田手最景シってなんですか？」と首を傾げる。

美玖に書き直してもらって、壁や入り口のドアに張り出した。壁の「きらり人」の記事の横にも張る。

ドアベルが鳴った。

佐々木のじいさんが見慣れた笑顔を覗かせ、店内の混雑ぶりに呆気《あっけ》に取られる。登磨に口パクですごいねと伝え、いつもの自分の席がふさがっているのを見ると、また来るよ、と帰っていった。

次にやってきた馬場も、圧倒された顔をしつつも登磨に祝福の笑みを向ける。が、店内には入らなかったし、ほかの常連さんも同じだった。

彼らを見送った登磨はしばらくしてから、自分は笑顔を返せていただろうかと引っかかった。

新聞に載ってから、半月。

電話が鳴り、登磨が出る。予約の電話だ。いっぱいになっていることを話したら、当然ながらがっかりされてしまった。

『残念です。大した人気なんですねー』

「そうなんですおかげさまで、また今度よろしくお願いします」

相手の、クスリと笑う声の後、『もし機会があればね』というセリフが返って来て電話は荒《あら》っぽく切られた。

さらっと調理に戻る登磨に、器を下げてきた瑛太が、「嫌な電話じゃなかった？」と渋面《じゅうめん》で問う。

「嫌？　そんなことなかったけど」

「オレはがっつり嫌味を吐かれたぞ」

「まあ、嫌味っていうより、がっかりした気持ちを伝えたかったんだろ。落胆《らくたん》するほどうちの料理を食べたかったんだってことだから、光栄なことだな」

「その考え方には同調できない。嫌味は嫌味だ。吐かれれば腹が立つ」

そういえば、美玖が出た時、電話の相手がなんといっているのかまでは聞き取れなかったが、強い口調が漏れ聞こえてきたことがあった。

そういう電話は徐々に増えている。それは道理だ。予約の電話が増えれば、こちらにも限界があるので、断る件数も増えるのだから。

美玖はこの頃いつも受話器を置いた直後、背中を動かし深呼吸する。それから仕事にかかる。登磨だったら、口調を強めてしまうほどここでの食事を望んでいるということで、ありがたいと受け取るだけだが、美玖は、違うのかもしれない。

「そうか。お客さんの気分もだけど、お前の気分も悪くさせてたな、ごめん」

瑛太は目を丸くした。

「オレに謝る必要ねえよ」

瑛太がカウンターに載せた皿を見て、登磨は表情を失《な》くした。

大量に残されている。

お客さんは料理を大量に頼み、時間をかけて撮る。料理は冷め、脂が浮き、硬くなる。

美玖が横から引き取った。

「おいしい香りに誘われて、頼みすぎちゃったんですねー」

お客さんの事情を汲《く》み、同時に登磨を落胆させないようにか、そう軽やかにフォローして、登磨の視線を体で遮《さえぎ》りながらポリバケツに捨て、皿を洗う。声は屈託がないが、俯《うつむ》く横顔はボブヘアに隠れて窺《うかが》えない。

常にお客さんでいっぱいのまま一週間が過ぎた。

佐々木のじいさんは、たまたま席が空いていても気を遣って、珈琲を持ち帰るようになった。

来店を控《ひか》える常連さんもいるが、多くはテイクアウトに移行して、そのまま常連であり続けてくれている。おかげで、売り上げは急激に伸びた。なのに、気持ちは満たされない。

店に来たものの、入れないお客さんの対応を美玖がしてくれる。お客さんによってはムッとするだけでなく、「せっかく来たのに」と声を荒らげて美玖を糾弾《きゅうだん》するひともいた。

そんな時はさすがに、登磨が出ていく。登磨が出ていけばお客さんは引き下がるが、調理はその度《たび》に中断した。

子どもが泣いても、美玖が応対できない場合がある。苛立たしげに咳払《せきばら》いをするお客さん。

それを聞いて顔つきが悪くなるほかのお客さん。お客さん同士のトラブルも頻発《ひんぱつ》する。やはり美玖が対応するが、ややこしくなる場合は登磨が出ていく。

一時《いっとき》も気が抜けなかった一日が終わり、カウンター席に落ち着いた登磨は呟いていた。

「ありがたいんだけど……」

ありがたいんだ、けど、ってなんだよ。前までは「ありがたい」だけで終わってたじゃないか。「けど」はねえよ。ねえけど、やっぱり「けど」をつけてしまう。

充実感がなくなっていた。

何かがひたすらに削り取られ続けているようだ。

キッチンへ目を向ける。ここからでは見えないが、シンクのそばのポリバケツが頭に浮かぶ。

丸一日、廃棄《はいき》し続けていた。作っては廃棄、作っては廃棄を繰り返していた。

はっきりいってしまえば、半分以上のお客さんは、食事目的で来てはいない。

登磨の撮影。料理の撮影。

食べものとして料理を見ていない。作ったものは蠟《ろう》でできた食品サンプルと変わらない。

「店長は、今日は決めないいんですね」

美玖がいった。

ハッとして顔を向ける。

「え？」

「なんでもリクエストしてっていったっきり、いつもみたいにメニューを決めてくれません」

「ああ、そうだっけ……」

例によって、帰る前に何か食べてってといったのだが、頭が働かず、食べさせたいものが思い浮かんでこなかった。

「店長こそ、お疲れでしょう？　あたしが作りますよ」

美玖はさっと立ち上がる。

「え？　いいよ。そんなことさせらんない」

「いいじゃないですか。たまには」

腕まくりしながら、キッチンへ入っていく美玖の後を見送る。

何度か結び直していた、腰のところで縦結びになっているエプロンの紐《ひも》がヒョコヒョコ跳《は》ねる。ちっちゃいのに、よく体力が持つなあと感心する。

もしかしたら、無理しているのかもしれない。彼女にはそういうところがある。

改めてフロアを見回した。

いつの間にか、たくさんの注意書きや但《ただ》し書《が》きが張られていた。

これまで、店のスタンダードだった抑制《よくせい》の利《き》いた軽やかで朗《ほが》らかな空気は一変し、トゲトゲしく、ぬくもりがなく、殺伐《さつばつ》としている。気分を滅入らせるにはうってつけだ。

こういう柄《がら》の壁ですってことで収まらないかな。……収まるわけねえだろ。よその店で張り紙に囲まれて食事をした経験から、自分のところではすまい、と学んだはずなのに。

「店長」

呼ばれてカウンターの向こうに意識を向ける。美玖が身を起こした。オーブンを覗いていたらしい。

「助けに出てきてくださるのは、ありがたいですが、店長はできるだけお料理に注力してください。お願いします」

一瞬、なんのことだか分からなかった。

数秒して、ああ、フロアでのトラブルか、と思い至る。

「そう？　でも——」

「でもじゃないです」

予想外にピシャリと撥《は》ねつけられたので、登磨はデコピンを食らったように頭を仰《の》け反《ぞ》らせた。

「お料理の提供が遅れてしまいます。おいしいお料理を召し上がったら、お客様の気持ちも満たされるはずですから。お願いします」

美玖は真っ直ぐに登磨を見据えて、きっぱりと告げた。

「……分かった」

この子、強くなった——。

やがて香ばしい匂いがしてきた。

一日中、調理してきたのに、なぜか今日初めて料理の匂いをかいだ気がした。

美玖の料理は、余ったバゲットに、残ったホタテを刻んで、ホワイトソースをかけチーズをこんもり盛ってオーブンで焼いたものだった。

その上から、ブラックペッパーをガリガリと削る。

「お待たせしました。どうぞ」

「ありがとう。いただきます」

カリリッと軽いい音をさせて頬張る。焦《こ》げ目《め》のついた表面が引き締まったチーズ。その内側はとろりと溶けている。口の端から熱々のホワイトソースがあふれる。

牛乳の匂いが登磨に、西野を思い出させた。


美玖が帰ると、途端に静けさが強くなった。

静けさというものは、時にあつかましく身に浸《し》み込んでくる。

寒さを感じたので、ストーブに薪をくべる。

冬の夜は、外の音がない。日差しのぬくもりもないため、木々の枝から雪が滑り落ちることもない。

登磨はキッチンに入る。シンク下のポリバケツは、影の中でしんとしている。

普段だって廃棄はある。だが程度が違う。

遡《さかのぼ》れば、雇《やと》われていた頃だって、毎日廃棄はあった。それでもこれほど気分が滅入ることはなかった。なぜだろうと考える。

あの頃は、大勢の作り手のひとりだったからじゃなかろうか。作る分量も味も盛りつけも何もかも決められたオリジナリティがない料理をいくら残されたところで、痛くもかゆくもなかった。

今は自分ひとりで、自由に作っている。料理には自分自身が表れる。それがゴミの山になっている。自分が粗末《そまつ》に扱《あつか》われた気がした。

簡易イスに腰を下ろして冷蔵庫に寄りかかり、天井を仰ぐ。

いずれは落ち着くだろうが、この状況がどれくらい続くのだろうか。

棚の上で、照明を反射させたステンレスの鍋が、自分を待っている。

捨てようが捨てまいが、明日の仕込みをしなきゃいけない。

テーブルに手をついて立ち上がる。

薪が爆《は》ぜる音の合間に、包丁がまな板を叩《たた》く音、野菜の皮を剝《む》く音、鍋が煮立つ音が入り込んでくる。それらは、ささくれ立った神経をしんなりと鎮《しず》めていってくれる。

そういえば、しばらくジョギングしていない。

走りたいが、それより仕込み優先だ。時間が余ったら走ろう。

手が止まる。

鍋のふたがカタカタカタカタと跳ねる。

自分の時間を自由にカスタマイズできるようになったはずだったのに、今はそれができていない。オレを支配しているのが、オレじゃなくなってきている。

鍋があふれた。急いでふたを取る。鶏《とり》ガラと香味《こうみ》野菜の香りが強く立ち上《のぼ》る。焦《あせ》ったりイライラした状態で引くと、途端に濁《にご》ってしまう出汁《だし》。

土台がまともじゃないと、その上にできあがる代物《しろもの》もろくなものにならない。

気持ちを落ち着けて、目の詰まったシノワにお玉で少しずつ注ぎ、丁寧《ていねい》に濾《こ》していく。これで黄金色の澄《す》んだスープができる。

仕込みを終えた登磨は、早く寝たいがために、入浴はシャワーでさっさとすませた。さっぱり湯船に浸からなくなり、長らく、体の芯《しん》は冷え切ったままだ。

二階の自室へ入る。

ベッドに大の字でバッタリと倒れて深呼吸し、寝返りを打てば、日づけが変わった壁時計の下のウォールシェルフが目に入る。木彫《きぼ》りのくまと福助《ふくすけ》人形が、のほほんと並んでいる。カラオケスナック『やよい』から引き揚《あ》げたものだ。

ばあちゃんは強かったなあ、と感服する。

あの年でひとりで店を切り盛りしていた。

登磨は目を閉じた。

そういえば、ここのところ、お客さんの顔を見て、作っていただろうか。

二月も中旬。

　怒濤《どとう》の週末を切り抜けた翌日の月曜日。

　豚肉《ぶたにく》を肉叩き棒で叩いていると、西野がやってきた。

「わあ、大盛況じゃないの！」

　カウンターのイスにドッカと腰を下ろした新聞記者は、店内を見回して大袈裟《おおげさ》に感心して見せる。ひと言ふた言当たり障《さわ》りのない話を振ってから、「グランディアホテル、あるでしょ。そこのパンフレットのモデルやんない？　スタッフ役として」と投下してきた。

　グランディアホテルは八戸市にあり、この地域では一番大きなホテルだ。青森新報の関連会社だと自慢げにいう。西野は知らないようだが、登磨の父が野菜を卸しているホテルでもある。

「ヘアメイクして、スタッフの衣装に着替えて、ホテル内で撮影するんだよ」

　西野の話に興味を示さず、再び肉を叩き始める登磨。

　ダンダンダン。

　西野は太い眉を寄せ、帽子からはみ出るもじゃもじゃ頭をわしゃわしゃとかく。

「友だちのよしみで、登磨君をモデルとして使ってあげるっていってんだけど」

「頼んでませんが」

「パンフレットの隅《すみ》にでも、モデルはオッペケペのシェフだって書いとくから。そしたらこの宣伝にもなるでしょ」

「コッヘル　デル……」

「明後日《あさって》休みだよね、ここ。それと、もうひとりイケメンがいたよね。ＳＮＳに上げられてるの見たよ。メガネの。学生って書かれてたけど」

首を巡らせる。

「オレは嫌だ」

聞こえたらしい瑛太が、フロアから断る。

「あんたは、自分のいいように物事を運ぶために、さもこっちにメリットがあるようないい方をしている。そういう人間をオレは信用しない」

初対面だが、相手が客ではないと判断するや否や、不愛想に磨きをかける。よりをかけ、手塩にかけた不愛想ともいえる。今のところ、彼が愛想をよくするのは美玖だけだ。

ずばり指摘された西野は、帽子を取ってモッサリ頭をかいた。

「まあまあ、ぼくのことは信用しなくても、お仕事は信用してよ。君、さっきから見てて思ったんだけど、鋭角的で涼し気なイケメンだね。その目、ゾクッとする女子も多いはずだよ。甘い感じの登磨君とは真逆で、君らふたりで載るってのもいい。学校休まなきゃいけないけどいい経験になるはずだよ。どう？」

「嫌だ」

「ヘアメイクして写真撮るだけ。それ以外はなんにもしないから」

「嫌だ」

「怖いことなんてないんだよ？」

「嫌だ」

「無理だったら途中でやめるから。大事にするから」

「嫌だ」

美玖が髪をなでつけて手を上げた。

「はいっ、あたしをお忘れでしょうか！　ウェディングドレスでも白無垢《しろむく》でもじゃんじゃん着ますよ！」

「いえ結構です」

西野が登磨に向き直って、顔の前で手を合わせる。

「登磨君、頼むよ。今回限りだから」

「ホテルにゃれっきとしたスタッフがいるだろ」

「君より見てくれのいいのはいないんだよ。映えなきゃパンフレットの意味がないでしょ」

「あのなあ。オレは飯屋なんだぞ。モデルじゃないんだ」

「まさしく！」

西野が膝を打った。

「登磨君がいう通り、君は飯屋だ。だもんで、調理中の撮影ももちろんある」

「勝手にどんどん話を決めやがって」

「ホテルの支配人以下、登磨君の評判は知ってるんだ、何しろグループ会社が新聞屋なもんでね。みんな、すごく楽しみにしてるよ」

登磨は肉を叩く。ダンダンダンッ。西野はチラッと登磨の手元に目を走らせる。

「まあ確かに、スタッフの中には、登磨君の腕前を疑ってるひともいるけど、そこでほら腕前を披露したら、見てくれだけじゃないって分かるわけでしょ」

「見てくれだけ……見てくれで飯が作れるか」

肉を叩く音が大きくなっていく。ダンダンダンダンダンッ。

西野がカウンターに肘をついて、組んだ手の甲に顎を乗せる。

「登磨君、SNS見た？　見なよ。顔がいいから客がついてるだの、大したことない料理が旨くなる錯覚だのと書かれてるんだよ」

登磨は肉叩き棒を持ち直すと、風を切って振り下ろした。そばに重ねてあった鍋がしゃっくりをするように跳ね、ボウルの上に渡していた菜箸《さいばし》が転がり落ちる。

美玖が登磨の手元を覗き込んだ。

「お肉、千切れました」

西野はイスごとわずかに退き「も、もちろんぼくには、料理が評判の第一理由だと分かってるけどね」と弁解をし、「でも世間はそうじゃない場合があるから」と、世間を持ち出して自身の考えを表してくる。

登磨は元同級生を見据えた。西野は咳払いをしてカウンターの上で手を組む。

「登磨君、ぼくには目標があるんだ、聞いてくれるか」

「いえ結構です」

「ぼく、社のSNSも担当してるんだけど、フォロワー数を百万人にすることが目標なんだ」

「それは何か、新一年生が『友だち百人できるかな』的な」

「この前の『きらり人』の記事でフォロワー数が一気に伸びたんだ。モデルの企画に乗ってくれたらさらに増えるし、ぼく自身、社内外から一目置かれるようになるってわけ」

公園で、ぽつねんとゲームをやっている西野の姿が浮かぶ。

ひとりのその時間を楽しんでいたように見えたのは、勝手な想像だったのか。

ゲームの中では「勇者」だったらしい。時々、これを自慢して、周りにうるさがられていた。基本的には変わっていないようだが、それでも今は、現実の社会で目標を立てて自分の特性を生かしてやってるわけだ。現実世界でも充足したいと、積極的になり始めているのかもしれない。それに——。

「登磨くーん、ぼく、あの日死にかけたんだよ」

西野が合わせた手の向こうから、茶化した口調とそぐわない笑わない目でじっとりと見つめてくる。

「それがこうして復活して頑張ってるんだ。応援してくれるのが友だちだろう？」

登磨の手の中で肉叩き棒が軋《きし》む。

「君、オレをむかつかせる天才だな」

週の真ん中、定休日のその朝は、タイヤが道に貼りつくほど冷え込んだ。

路面の凍結が溶けた十時。登磨は八戸市の高台にあるグランディアホテルへ向かっていた。西野は先に行って待っているとのこと。

市街の入り口にある広い交差点で信号に引っかかった。右手に大型のパチンコ店がある。三階建ての駐車場の最上階までクルマが停まっているのが見える。

今しも、道路に面する自動ドアが開いて、煙草をくわえたひとりの男が出てくるところだった。

西野だ。

眉をきつく寄せている。駐車場を埋めるクルマの間をスルスルと抜けていき、車両止めのブロックを跨《また》ぎ、消費者金融の無人契約機が用意されている簡素な建物に入っていった。

後ろからクラクションを鳴らされた。

顔を正面に戻すと、信号が青になっている。登磨はアクセルを踏《ふ》んだ。

横にも縦にも巨大な白いホテルに到着すると、エントランス前で待機していたスタッフがクルマのキーを預かって、立体駐車場へ転がしていった。

バケツをひっくり返したような帽子をかぶったドアマンが、ガラスの扉を開けてくれる。

エントランスホールは体育館のように広く、白とアプリコット色がマーブル模様を描《えが》く床は、鏡面《きょうめん》仕《し》上《あ》げになっており、はるか高い天井からはシャンデリアが滝《たき》のようにぶら下がっていた。

お客は品も身なりもよく、館内に、彼らのささやくような声が浸《し》み透《とお》っている。

フロントに行って名乗ると、フロントマネージャーらしき人が奥へ引っ込み、品のいいグレイヘアをなでつけた恰幅のいい年配の男性を伴って出てきた。

男性は大らかな笑みを浮かべる。

「やあ、登磨君。久しぶりだねえ。新聞読んだよ。立派になったなあ。今日は無理なお願いを引き受けてくれてどうもありがとう」

「お久しぶりです坂本《さかもと》支配人。こちらこそ、お声をかけていただきありがとうございます」

登磨だって、それなりの振る舞いは心得ている。慇懃に頭を下げた。

「『坂本』なんて。昔みたいに『おじちゃん』でいいよ。調理撮影後の料理をいただけるっていうんで、ぼくは仕事抜きに楽しみにしてるんだ」

そう言われれば悪い気はしない。

「親父さんにもいつもお世話になっていて。改めて、瑞々しくおいしい野菜をありがとうって伝えておいてくれないか」

坂本支配人と登磨の父親は学生時代の同級生だ。登磨が子どもの頃は時々、明智家に来ていたのだ。

挨拶をすませ、スタッフに案内されて四階にある美容院に入った。

美容師が、西野さんから少し遅れるという連絡を受けているから、こっちはこっちで準備していきましょう、と慣れっこのようにいって、登磨にケープをかける。

ヘアカットとカラー、メイクを施《ほどこ》されながら、撮影の流れの説明を受けた。

数時間後。鏡の中には、長時間イスに縛りつけられ髪を引っかき回されることに、飽き飽きした表情の男が映っていた。

「あのこれ、イメージとすれば、あれですか、ハリケーンに見舞われて、蜘蛛《くも》の巣《す》がひっ絡《から》まったマッシュルーム、的な」

登磨は真面目だったが、スタッフには笑われた。彼らは、アッシュブラウンカラーのソフトツーブロックマッシュスタイルだと、『コッヘル　デル　モタキッラ』よりもはるかに複雑な名前をいっぺんも嚙《か》まずに唱えたのだった。

準備が整い、いざ撮影となった時だ。

「いや～、すみませーん、遅くなりましたー」

ぼくが来ました！　と触れ回るような騒がしい声が近づいてくる。

振り向くと、タレントのように四方八方に手を振り、肩にかけたカメラを揺らしながらゆうゆうと歩いてくる西野だ。

スタッフたちから、西野さん、遅いですよー、何かあったのかと心配しましたー、などというブーイング風の歓迎の声が上がる。

西野は彼らに明るく謝りながら、足取り軽く登磨の元までやってくると、上体を引き、顎《あご》に手を添えて登磨の上から下までをとっくりと見た。

「いや～、想像超えてきた！」

それから謝る。

「ごめんね、ちょっと遅れちゃった。仕事が立て込んじゃって」

焚《た》きしめたかのように全身から煙草の臭いがしている。

「別にいいんだけどさ。君大丈夫か」

登磨の脳裏には、無人契約機が置かれている建物に入っていく彼の姿が貼りついている。

友だち百人作る前に、取り立て屋百人作ってるんじゃねえのか。

「は？　何が？　さーて、じゃあそろそろ撮影始めようか！」

西野は肩からカメラを下ろした。

その後、ホテルの担当部署に合わせた制服に、とっかえひっかえ着替えさせられて、館内のあちこちで撮影した。

カメラは西野が持ってきたもののほかに数種類用意されていたが、彼はそれらを難なく使いこなし、パソコンを覗いて取り込んだ画像を確認し、スタッフを上手に動かして仕事をサクサクと進めていくのである。

登磨は、あっち向けこっち見ろ、笑え、笑うな、顎を引け、顎を上げろ、座れ、立て、足を組めなどという指示を次から次に出される。お手と命じられればお手をしてしまいそうな勢いだ。ライトが熱いが、「汗をかくな」と厳命されて、反論する前にメイク直しのパフが口をふさぐ。カメラを見続けろとの指示に瞬《まばた》きも許されず、涙目になったら褒《ほ》められ、やっとＯＫが出た。アフリカ大陸のヌーの大移動のように、ぞろぞろと次の場所、最上階の宴会場のバルコニーへ向かう。鉄製のテーブルが設置されており、白いクロスがかけられる。ワインと料理越しの撮影だそうだ。

見渡す冬の八戸市内は、乾いていた。雪が少ない港町は見通しが利く分、工場の煙突や重機、葉を落として白っ茶けた樹木が目立ち、荒涼《こうりょう》としている。

登磨は、ここでパリッとしたコックスーツを着せられた。テーブルが整うまではコック帽はかぶらず、手に持たせられたまま待機。後ろ頭をかいたら、すかさずスタイリストがコームで梳《と》いてきた。ここでは頭ひとつかくのも、他人の手を煩わせる種《たね》になってしまう。目の前を忙《せわ》しなく横切るスタッフの向こうで、カメラを覗きながらライトの角度を指示している西野の背中を眺める。

隣の大広間から賑やかな談笑の声が聞こえてくる。スタッフに聞けば、バイキング式の記念式典だそうだ。

旨いもん食ってんだろうな。

そういえば、朝飯食ったっけ。ブロードを引いたり、肉に下味をつけたりしてたのは覚えてるけど、朝食を摂ったかどうかは覚えてない。

腹がひもじげに鳴った。おお、そうかそうか。頭は忘れていても、腹はしっかり覚えているらしい。ここが終われば次は調理場での撮影で、それが最終となる。よし、さっさと進めよう。

登磨も手伝おうとしたら、すかさず「メイクが崩れる」「着崩れる」「てゆーか邪魔」「あっちへ行け」と迷惑がられる。

「モデルさん、トイレ行ってきていいですよ。五分後に撮影再開しますから」

「オレはモデルさんじゃなくて、明智《あけち》さんなんですけど」

訴えは、はいはいとあしらわれ、バルコニーからガランとした宴会場へ追いやられた。腹に何も入れてないんだから出すものなどない。ならばご要望通り、出すために隣に紛れ込んで、腹を満たそう。

　宴会場を出る。

　隣の大広間の、蔦《つた》の模様が彫られた重厚な扉に手をかけると、同じタイミングで内側から開けられた。会場内のさざめきがあふれる。

　制服を着て、黒くて長い前かけをしたスタッフ二名が足早に出てきた。登磨は横に退《ど》く。

「まずいな。まだ道は開通してないのか？　事故処理どうなってんのよ」「トラックは回り道しているとのことです。到着まで後、十分くらいかかる見込みだそうです」「十分も？　しかも届いたからって、すぐに出せるもんでもないだろ。その間、どうするんだ」

　鬼気迫《ききせま》る顔で遠ざかっていくふたりを見送った登磨は、会場の扉を開けた。

　ボリュームを絞った緩《ゆる》い音楽に乗って香水や化粧品の匂い、炙《あぶ》った肉や揚げ物、ソースが焦げる匂いがあふれでてくる。

　シャンパン色のシャンデリアが下がり、緻密《ちみつ》な模様のジュータンが敷かれた広々とした会場のステージには「青い風銀行　百周年」と書かれた横断幕《おうだんまく》が下がって、空調の風にもったりと揺れていた。

立食パーティらしく、ゲストの多くはテーブルを囲んでグラスを手に立ち話をしているが、壁際のイスに腰かけているゲストも少なくない。会場内は、倦《う》んだ空気で満ち満ちていた。

白いクロスのかけられた丸いテーブルの上のオードブルは、あらかた手をつけられており、ゲストの関心を引いていない。しっかりした造りのライブキッチンで提供されている天ぷらや寿司なども幾皿か惨《みじ》めに残されて、その周辺には誰もいなかった。

会場の隅のほうに支配人ら三人がいる。硬い面持ちを寄せ合って話をしていた。

登磨はゲストの間を縫い、ライブキッチンを横目に、彼らへ近づいた。

「坂本支配人」

おじさんと呼んでもいいといわれたが、他のスタッフの手前、それは控えた。

坂本支配人が振り向き、眉を上げる。

「ああ登磨君」

「支配人。イチゴが届かないって聞きましたが」

「スタッフから聞いたのかい？　そうなんだよ。いや困った」

横じわがたくさん走る額に手を当てた。

ふたりのスタッフは、ネームプレートからマネージャーと部門リーダーのようだ。それぞれ、古川《ふるかわ》と柿本《かきもと》と名前が書かれてある。

「オレ、何か手伝いましょうか」

登磨は申し出た。

「手伝い？」

「ええ。イチゴケーキが登場するまでのつなぎとして何か作りましょうか。どのみち調理の様子を撮影する予定ですし。そうすれば一石二鳥じゃないですか」

そしてオレは早く帰れるじゃないですか、というのは辛うじてのみ込む。

坂本支配人は豆鉄砲を食らったような顔で登磨を見た。

ワックスで頭を固めた四十代半ばくらいの小太りで色白な古川マネージャーが、「それはありがたいですが、料理長がなんというか……」と懸念する。

「その料理長は、今何か作ってるんでしょうか」

「はい？　いや、イチゴ待ちですが。メニューにそう書かれてあるので」

「だったらオレが作っても問題ないですよね」

ただただ待っているほうが問題だ。

「新しい食材も特に不要です」

そうつけ加えると、えっそうなんですか、と虚を衝《つ》かれた顔の古川マネージャー。

「彼にお願いしたほうがいいんじゃありませんか？　お客様を待たせておくわけにはいきませんよ」

こちらは痩せて浅黒い。三十代後半だろうか。柿本部門リーダーが早口でいった。

坂本支配人は会場を見渡した。食べ散らかされた皿を半眼で見やるひと、あくびをしているひと、時計を見ているひと……。会場を包む空気は濁り、重たげだ。

「分かった。登磨君、頼む。スタッフに厨房まで案内させよう」

「いえ、厨房は不要です」

登磨の言葉に、三人がキョトンとした。

登磨がやろうとしていることの説明を聞いた後、柿本部門リーダーはすぐに動いた。他のフロアスタッフを集めて説明し、スタッフをひとり連れて裏へ続く小さな扉を潜っていく。古川マネージャーと登磨は鉄板焼きのライブキッチンに足を向ける。その間に、登磨は必要なものを古川マネージャーに伝えた。

そこにもゲストはひとりもおらず、調理係の男が手持ち無沙汰な様子で佇んでいるきりだ。脂が跳ねた低い衝立《ついたて》の向こうの鉄板の端っこに、焼きすぎたサイコロステーキが寄せられ積み上げられている。鉄板は何もない空間を熱し続けていた。

調理係の男は、小麦色の肌に彫りの深い顔をしていた。一見して日本人ではないことが分かる。なんとなく若そうだ。胸のネームプレートには「サントソ」とある。

コックスーツに身を包んでいる登磨を、不思議そうな顔に好奇心をにじませ、くっきりした二重《ふたえ》瞼《まぶた》の垂れ目で見つめてきた。

古川マネージャーが、易しい日本語で簡単に事情を説明する。コテを両手で握り締めて聞いていたサントソは、話が終わるとオーケイといってコテを置き、鉄板の前から離れた。

数種類のアルコールが並んでいるテーブルへ向かう彼の背を見送って登磨は、キッチンの内側に入る。手を洗い、何はともあれ腹ごしらえ。登磨は鉄板の端に寄せてあるステーキをつまんだ。硬く、すっかり脂と肉汁が抜けているが、空《す》きっ腹《ばら》にはなんだって旨い。

材料を並べたガラスケースの中には、立派なホタテもある。エラなどは取り除かれ、貝柱だけが行儀よく並べてあった。ソースもゲストの好みに合わせるため、ひととおり用意されている。ブラウンソース、ホワイトソース、和風や中華もある。

ホワイトソースに小指を浸して味を見る。濃厚な味で、牛乳の甘さとコクがしっかりしていた。

サントソがブランデーのボトルを持ってきてくれた。古川マネージャー経由で登磨が頼んだものだ。

ありがとうと、ふたを開けて香りを確かめる。

「コレモ」

独特のイントネーションとともにガスライターを手渡してくれる。

その時、広間の大扉が左右に開け放たれて、西野が飛び込んできた。

「見ーつーけーたぁぞぉう！　登磨君！　こんなところで何遊んでんのっ、撮影が押してるんだからねぇぇ」

大声を上げながらこっちにまっしぐらに駆けてくる。ゲストたちが、何事かと彼を目で追う。

　西野は鉄板の前のカウンターに両手をバンと置いた。

「登磨君、何。スタッフ待たせてるんだけど。お腹空いてたの？　ここのおこぼれにあずかるくらいならいってくれればよかったのに。すぐに用意させるから」

「調理してる写真、ここで撮ってくれ」

　そう頼んだ登磨は、古川マネージャーに目くばせする。古川マネージャーが西野に事情を説明した。

「え、そういうこと？　まあこっちは画《え》が撮れればいいから別に構わないけど」

　カメラを構えて一枚撮り、カメラの向こうから不機嫌な顔を覗かせて「あ〜あ、メイクも浮き始めてんじゃないの。今メイクさん呼んでくる」と踵《きびす》を返そうとした。

「いやいい。そんな時間はない」

　登磨は電気式鉄板のダイヤルを回して温度を調節しながら、西野を止めた。西野がため息をつく。

「え〜。しょうがないな。だったらせめてコックスーツとか帽子とか乱さないようにしてよ。ほら、帽子が曲がってる。まじで見栄えが大事なんだから」

「君は見てくればっかだな」

　鉄板に手をかざす。

「登磨君にいわれたくない」

「古川さん、ここに並んでるソースからして、これらのアレルギーを持ってるゲストはいないってことでいいんですよね？」

「はい、もちろんです」

確証《かくしょう》を得て登磨は早速、鉄板にオリーブオイルを馴染ませた。

波模様を描いて広がるオイルにバターを滑らせる。ホタテを並べた。ジュッと音が立つ。ホタテと鉄板の境目《さかいめ》でバターがピチピチと泡立ち、それがホタテを細かく振動させる。飽きていたゲスト数人が登磨がしていることに気づき始める。気づいた順にひとりふたりと近づいてきた。

会場にこもっていたダレた空気が、ホタテの出汁とバターの香りが混じり合って広がっていくに従い、締まっていく。

ホワイトソースの味は、このままでいいか迷う。

醤油《しょうゆ》に手を伸ばしながら、会場に視線を向ける。

今、自分が相手にしているのは、ひとりの客ではない。特定のひとりに対しての「完璧《かんぺき》」であってはいけない。強い癖もあってはいけない。ということは、目指すは「平均」。

醤油に伸ばした手を、岩塩ミルに方向転換する。空腹なゲストはいないのを踏まえて、あっさり味にする。

削り出した岩塩を舐《な》める。辛味《からみ》が丸く複雑。

それをホタテに振る。身が締まり、塩は旨味を引き出しながらスウッと溶けていく。

ブランデーのふたを開ける。

そのタイミングで古川マネージャーがマイクでライブキッチンに注目するよう促した。

ゲストたちがひとり残らず注目したのを確認すると、彼は軽く右手を上げる。

会場のライトがふっと落ちた。柿本たちが操作してくれたのだ。

光源は、登磨が立つライブキッチンのささやかなオレンジ色のライトだけ。

会場の空気がさわさわと立つ。

登磨はホタテにブランデーを勢いよく振りかけ、着火した。途端。

炎がボウッと上がる。

「おおー！」

歓声と拍手が起こり、鉄板にスマホやカメラが向けられる。カメラを構える西野の姿もある。

登磨の体内で血が沸き、それが背骨を駆け上がる。ゾクッとしたものを覚えた。

葵レストランで、ただただスマホやカメラを向けられた時とは違う。ゲストを調理そのものに惹《ひ》きつけていることに、高揚《こうよう》するのだ。

ゲストはただのひとりも自分を見ていない。主役はホタテ。食品サンプルではない本物の命が、自分の命に取り込みやすく調理されていくことに惹きつけられている。

食材を料理で引き立てる本来の役割を、久しぶりにまっとうできている気がする。

炎が縮んでいき、収まる。再び闇に包まれること二秒。会場の明かりが一斉についた。

こんがり炙られたホタテを皿に取り、ホワイトソースをかける。ホタテとバターの香りが合わさって、たちまち食欲をかき立てる。

ホテル時代のライブキッチンと同じように、キッチンから出てカウンターの前に立つ。会場を見回して深々と頭を下げた。

古川マネージャーがマイクを口元へ持っていく。

「皆様、お楽しみいただけましたでしょうか。本日、フランベを担当させていただきましたのは……」

登磨を紹介しようとした時、観音扉《かんのんとびら》が開き、待ちに待ったイチゴのケーキが数台のワゴンに載せられて大急ぎで入ってきたのだった。

撮影を終えたのは十四時過ぎ。

四階の美容院で着替えて顔を洗い、エントランスへ向かう。

エントランスホールのソファーに座っていた西野が、登磨に気づいて腰を上げた。テーブルの上の白い封筒をつかむと近づいてきた。

「お疲れ～」

封筒を差し出してくる。

「はいこれ。今日のギャラ」

登磨は一瞥《いちべつ》する。

「いらない。金が欲しくてやったんじゃないから」

「ま、そういわずに」

登磨のダウンのポケットにねじ込むと、ガラス扉へと押し出した。ドアマンが開けてくれる。

凍《い》てつく風が吹きつける。

エントランスには登磨のクルマがすでにあった。

西野はホテルの中へ戻っていく。そのジーンズのポケットからは別の白い封筒の角がはみ出ていた。

あいつ、ＳＮＳのフォロワーを増やすだの、看板企画を作るだのが目的でオレに近づいてきたんじゃないな。

八戸市を出てから雪が降り出した。幸いなことに風はない。

市の隣の南部《なんぶ》町の峠《とうげ》を越えたあたりから雪は強まり、徐行運転の除雪車が黄色いランプを回して、ヌンヌンと雪を押していく。

肩を揉《も》む。

やったことのないモデルの真似事《まねごと》と得意分野の料理とで、居心地の悪い疲れと充実感が拮《きっ》抗《こう》している。不満なのか満足なのか、どっちの感情に傾こうか迷っていて落ち着かない。

そういえば入院中のばあちゃんに、作ったことのない料理に挑戦させられていた時期があったけど、あの頃は充実感のみだった。

冷めたステーキを、ひと切れふた切れつまんだだけだったので空腹だったが、食堂に入る気分ではなかったし、道路沿いにあるコンビニで調達しようかと検討するも、数少ないその駐車場は混み合っている。数台の大型車のタイヤ交換《こうかん》やチェーン装着の場になっているので、自分が駐車場に停めたら、雪対策をしたいトラックが入ってこられないだろうと思えば、通り過ぎるしかなかった。

そもそも、何を食べたいかが分からない。ただ、派手なものや凝《こ》ったものは受け入れられそうにないというのははっきりしている。

中学生のあの当時は、何を食べたいか分からないなんてことはなかった。

ここのところ何もかもぼやけている。

地元に入ると、すれ違うクルマが少なくなり、歩道にはひとっ子ひとりおらず、ただ信号機だけが音もなく生きていた。

町から葵岳へ続く農道には、まだ除雪車が入っていない。新しい雪でなめらかに覆《おお》われている。坂の先を、貂《てん》が黄金色のまばゆい光の尾を引いて、滑るように横切っていく。

葵レストランの駐車場に入ると、雪をこんもりとかぶった一台のピンク色の軽乗用車が、雪だるまの前に停まっているのが目に入ってきた。

美玖のクルマだ。エンジンがかかっている。

登磨が隣に停めると、エンジンを切って美玖が降りてきた。ふくらはぎまで積もった雪を漕《こ》いで運転席に近づいてくる。

　登磨も降車する。

「店長、おかえりなさい！」

「美玖ちゃん。いつから」

「うんと、さっきですかね。ほんのさっき」

　登磨は地面に視線を落とす。タイヤの跡は見当たらない。なめしたような雪。視線を上げると、美玖は振り向いてクルマの屋根に積もった雪を見ていた。顔を戻して肩をすくめる。

　登磨は突っ込んで尋ねることなく話を変えた。

「どしたの。今日は定休日なのに」

「父が出張でお昼ご飯と夕飯いらなかったのに、うっかりいつもの量のご飯炊《た》いちゃったんです。それで、余してしまって。もし店長のお腹に余裕があったら、食べてもらえるかなと期待して来ました」

　顔の横にランチバッグを掲《かか》げる。

　あらかじめ用意した文をそらんじるように、美玖はわけを話した。

　父親とのふたり暮らしが長いのだから、冷凍するなどのなんらかの保存方法は知っているだろうに、オレの負担にならないように組み立てたいいわけなんだろう。嘘《うそ》をつくことに慣れてないんだよな。

　そう考えると、「うっかり」炊いたということ自体、優しい嘘かもしれなくなってくる。

わざわざ作りました、と恩着せがましくならないように思いやってくれているのかもしれない。

「うっかり大歓迎。めちゃくちゃ腹減ってたんだ！」

「はい！」

満面の笑みで、美玖は跳ねるように踵《かかと》を上下させる。

店に入って、エアコンをつけ、薪ストーブに火を入れた。エアコンはストーブが本格的に燃えるまでのつなぎだ。当たり前のようにマイナス十五度まで下がるこの地域では、火が必要なのだ。

薪に火が回ると、美玖がランチバッグを開いて、ラップに包まれたふたつの焼きおにぎりを取り出した。

味噌が塗られていて焦げ目が見える。

「これ、フライパンで焼いたんですが、最初の一個は焦がしちゃったんですよ。火加減が難しいんですね。地獄《じごく》の業火《ごうか》で燃やしましたって感じの、どこへ出しても恥《は》ずかしくない立派な炭に仕上がりました。ストーブで温め直しましょう」

キッチンで手を洗ってから踏み台に上がってアルミホイルを取る。

登磨はカウンターのイスを二脚、ストーブの前に据《す》えた。

美玖が戻ってきて、ホルダーからカシュカシュとアルミ箔を引き出し、破り取る。斜めに切れた。気にした風もなく、オリーブオイルを塗っておにぎりを並べていく。

登磨もキッチンに入って手を洗う。

お湯を沸かして珈琲を淹《い》れ、カウンター越しに美玖に渡した。

そこからフロアを見れば、しおれた観葉植物。たくさんの張り紙――。決して掃除《そうじ》が行き届いていないわけじゃないのに、どんよりとしてささくれ立っている。

キッチン内に視線を巡らせると、ここもくすんでいるような気がする。棚にマグネットで貼りつけた包丁を手にした登磨は、刃元に錆《さび》を発見して愕然《がくぜん》とした。いつの間に。たまにしか使わない包丁だが、手入れをしていたつもりだった。

道具は正直だ。道具は手足だ。それが、錆《さ》びている。

錆はほんの小さいところを足がかりにして全体に広がり、厄介なことに内部へと食い込んでいってしまう、寄生虫みたいに。

「美玖ちゃんごめんな。レストラン、投げてた」

ストーブを見つめていた美玖がこちらを振り向く。

「そんなことないです。お料理、バッチリですよ」

「料理はね。でもそれ以外がダメだった」

登磨はシンク下から天然砥石《といし》を出して、布巾《ふきん》の上に据えた。ゆっくりとひと呼吸してから、研いでいく。

一定のリズムの砥石と刃の摩擦音《まさつおん》に、時折、薪ストーブの薪が爆ぜる音が混じった。

この店って、こんなに静かだったんだ。

雪が音もなく降り積もるように、安らかな静けさが満たしている。

美玖がおにぎりの位置を調整する。

「ばあちゃんは今のオレを見たら、なんていうかねえ」

美玖が何かいいかけて口を開いた。が、口を閉ざす。ややあって再び開けた。

「あたし、気を揉んでました」

そりゃあ当然だ。ここで働いてる美玖にとってレストランの行く末は、自身の行く末でもあるのだから。

「鼻歌も出なくなって、あんまり楽しそうじゃなくなってましたから、店長大丈夫かなって」

砥石を滑《すべ》る包丁が止まる。

「え、店じゃなくて、オレのこと？」

「もちろんです」

「それに、歌ってなかったって？」

「なかったです。店長の鼻歌がないと寂《さび》しいです。だからってあたしが歌うと、みんな聞き惚《ほ》れてナイフ落としたりコップ倒したりして、お手元が疎《おろそ》かになっちゃいますし。ここはやっぱり店長の鼻歌でなくっちゃ」

まいったなあ、と登磨は面目《めんぼく》なくて笑い、己を恥じた。

手のひらを見る。砥石の粉で刃と同じ色に濡《ぬ》れている。

緩く指を曲げた手は、包丁の柄《え》がはまる形を作る。

ぐっと握った。

大事な従業員を、こんなくすんだ店にいさせるわけにいかない。

「店長、そろそろ食べ頃ですよ」

ピリピリと音を発し始めたおにぎりをひっくり返した。ふわっと立ち上った味噌の焦げる匂いが、胃を刺激《しげき》する。美玖と匂いに呼ばれて、登磨は包丁と手を洗い、包丁をしっかり拭《ふ》くと、薪ストーブの前に座った。

焦げ目のついたカリカリの表面は、火から下ろしてもまだピリピリと音を立てている。軽く吹き冷ましてかぶりつけば、中のご飯はふっくらもちもちしており、湯気とともにチーズが流れ出た。

登磨はピンときた。

「あ、オレ、これが食いたかったんだ」

イスに尻《しり》を残したまま、身を屈めて手を伸ばして薪をくべていた美玖が、怪訝な顔で振り向く。

「腹は減ってたけど、何食べたいか分かんなかった。でも食ったら分かった。オレ、これ食いたかったんだ」

美玖が提供していたお客さんに合った味は、お客さん自身も見えてなかった味を先回りして提示していたんだ。

美玖は薪ストーブの炎《ほのお》に顔を向ける。始終伸び縮みする炎が静かな表情をなでる。

「……ずっと前、母を亡くしてすぐの頃、あたしにもそういうことがありました。その時、スーパーで知らないお兄ちゃんに、焼きおにぎりをもらったことがあったんですよ」

登磨は、口元へ持っていったおにぎりを止めた。

「風邪気味だったんですが、落ち込んでる父に心配かけたくなくて内緒にしていました。そうはいっても、不調を自分だけで抱えておくには心細くて。スーパーに並んでるお弁当とかおにぎりとか、幸せがいっぱいそこに詰まってるようで、見てるだけで心細さが紛れました。どうしようっかな、自分でも握れるしなあ、って迷ってたところに、お兄ちゃんが声をかけてくれたんです。おにぎり、余ったからって。食べたら気づいたんですよ、あたしが今食べたかったのは、誰かが握ったおにぎりだったんだって」

登磨は美玖の横顔を見つめ続ける。美玖は炎を眺めながら、顔をクシャリとさせて笑った。

「あのおにぎり、とってもおいしかった。なのにあたし、そのひとにいっちゃったんです」

「甘さがあったほうがもっとおいしい」

登磨のひと言に、美玖の横顔から笑みが引いていき、こっちを振り向いた時には、口をあんぐりと開けていた。

登磨は頬を緩める。

「あのアドバイス、すごく参考になったんだ。まさかあの時のちびっこが美玖ちゃんだったとはね。驚いた。なんだ、ずっと一緒にいたんじゃん」

マスクで顔が半分以上隠れていたということもあるが、雰囲気が今とはまるきり違っていたから、小学生の美玖と今の美玖が重ならなかった。違うのは当たり前だ。母親を亡くしたばかりの小学生と、いろいろと乗り越えておとなになった美玖なんだから。

「え、え、あ、あの時のひとは、ててて店長だったんですか⁉　気づかず話しちゃって、とんだ間抜けを。すみません！」

「いやいいんだ。マスクもしてたし、あの当時美玖ちゃんは辛《つら》いことがあって、いっぱいいっぱいだっただろ。その上、十年以上も前のたった一度、一瞬会っただけなんだから、顔の記《き》憶《おく》がおぼろげなのは当然だよ」

「……でもおにぎりの味は覚えてるんですよ」

「オレも味に絡めた出来事だけははっきり覚えてる」

脳みそってのは、つくづく謎《なぞ》だ。

美玖は胸のところで手を組み合わせて、ずっと前から会ってたんですね、そうですかそうですかあ、と感じ入っている。

「ま、考えてみれば、同じ町内なんだもんな、会っててもおかしくないし」

「いえ。店長、これは運命です！」

小鼻を広げて迫ってくるこぐま。

「ははは。運命っていうのか。それなら西野も、馬場も、工藤《くどう》さんも運命なんだろうな」

「そうきますかー。運命にはいいものと、そうでもないものがあるんですね」

ナチュラルにそういった。登磨は吹き出す。そうでもないっていうのが誰を指しているのかは一目瞭然《いちもくりょうぜん》だ。

登磨は笑みを引いた。

「ごめん、笑い事じゃないな」

他人をディスることがない美玖に、そういわせてしまったのは、こんな状況を招き入れた自分なのだから。

「これからは、いい運命っていうのを大事にしてかなきゃね」

登磨は美玖を見つめてニコリとする。美玖は、ハッと息を飲み、さらに身を乗り出した。

「それは一生大事にするということですねということはひょっとしてそれはプロポー……」

「てことは、『そうでもない運命』も、いいほうへ変えていけばいいんだ」

「ズゥ……はい？」

「またいいアドバイス、もらった」

「アドバ……？」

なぜか腑《ふ》に落ちない顔をしている美玖。

「いつも、ありがとう」

「よく分かりませんが、店長がいいなら、どういたしまして」

美玖はほっこりと微笑《ほほえ》む。

それから、ホイルの上のおにぎりをひっくり返そうと手を伸ばしたので、あっついから、と登磨がやった。まだらに焦げているので、火の当たりが弱い端に移す。

持っていたおにぎりをかじった。

「旨い。ここのところずっと美玖ちゃんの賄《まかな》い食ってるけど、どれもマジで旨い」

「そりゃあ店長のことをじっくりことこと考えて作ってますから」

「なるほど、そういうのって大事なんだな。美玖ちゃんはどんどん腕上げてってるし、瑛太も頼りになる。ふたりのおかげだよ。ひとりじゃ店を回せてなかった」

「お役に立てて何よりです。もし店長が、おひとりで頑張らなきゃって、ずっと気張ってたら、あたしたちはなんだったんだろうって凹《へこ》んじゃいますよ」

揺らぐ炎を静かに見つめて、美玖は黙った。

これまではどこか、自分ひとりでやってきたという自負があった。でもそれは、本当は自負ではなく、単なる思い上がりだった。自分ひとりでできると物事を舐めていたところがあったんだ。

つまりは驕《おご》っていたのだ。

驕りは自分の可能と不可能の境界線を見えなくする。

ばあちゃんはそれを心配していた。

料理ばかりじゃない。

馬場のおばあさんのハナさんは、限界を知っていた。だから、できないことはできないと認めて助けを請うた。手を打たないでいたら、詰んでしまっていただろう。

「店長」

「ん？」

「あたしも理恵《りえ》……友だちに頼まれたら、もちろん協力します。だから店長の気持ちも分かります。ですが、あくまで、できる範囲で、です。限界があります。といっても、本当の友だちなら、こちらがきつくなるほどの頼み事はしてこないと思いますが。店長は、どうして西野さんの頼みをそんなに聞くんですか？」

「……あいつ頑張ってるみたいだから」

「そういえば、目標があるんでしたもんね」

パチンコ屋から出てくる西野や、ポケットからはみ出た白い封筒が頭をよぎる。

「それにしたってですよ。自分の目標のためなら友だちを都合よく利用していいっていうのは、違うような気がします」

「都合よく利用……」

「目標を達成する自分自身が大事なら、同じくらい友だちも大事にしなくちゃおかしいです。友だちは道具じゃないんですから。店長は、西野さんが頑張ってるっていいますが、店長だって頑張ってるじゃないですか。お願いを全部聞いていたら、店長が倒れてしまいます」

美玖は膝《ひざ》の上で拳《こぶし》を硬く握り、登磨を誠実に見て、静かにゆっくりと意見を述べる。

「無理したら、死にます」

「え？」

「工藤さん、いらっしゃったじゃないですか」

「ダイエット頑張ってたあの工藤さん？」

「はい。彼女は無理してました。ご両親のいうことを聞き入れすぎて、ご自分が見えなくなるほど、彼女の中にご両親が浸み込んでいました。店長はとうに気づいてたかもしれませんが、それが彼女を過激なダイエットに走らせた原因のひとつだったように思うんです。あたし、あまりに痩せっぽちで薄い彼女が、死んじゃうんじゃないかと怖かったです」

話の先が見えない。登磨はおにぎりにかぶりつく。かじったところをじっと見る。あの日、自分がまだ物を食べられているか確認したばあちゃんのように。自分が自分として生きている証《あかし》を見つけようとするかのように。

「――オレは風邪引かないくらい丈夫だから」

ちょっと頬を緩めて見せたが、美玖は笑いもせずに首を振る。

「何がいいたいかっていうと、今の店長と西野さんの状態は、工藤さんの場合と似ているってことです」

パチッと熾《おき》が爆ぜ、一瞬強い光を放つ。

「おまけに、頑張る動機が違っているように見えます。工藤さんは親御《おやご》さんのために頑張っていました。それをまた、ご自分の意志だと思い込んでいました。出だしがずれてる頑張りは、実を結ばないどころか、害になりますよ。工藤さんが幸いだったのは、ギリギリのところで気づいて、親御さんと自分を切り離して、仕切り直したところです。親子でも他人でも同じです。自分以外の誰かに自分を乗っ取られては、いずれ限界がきます」

一気に話した美玖は登磨をまっすぐに見つめると、小さな体を膨らませて深く息を吸い込んだ。

「店長、死ぬのは何も、体に限ったことじゃないんですよ」

ずしり、と胸に来た。

今は自然な笑みを見せるようになった美玖だが、以前は無理して笑顔を作っていた。それは初め、落ち込んでいる父親のためだった。

笑顔でいれば気持ちも上がってくるというひともいるが、彼女の場合は違った。時間がたつにつれ、笑顔を貼りつけているのが普通になり、彼女自身も笑顔の下の本心がどういう状態なのか見えなくなってしまっていた。

今のオレや工藤さんに通じるものが、彼女にはあるのだ。

ベルベットのような炎が反射するクリアな瞳《ひとみ》で登磨を覗き込んでいるそんな彼女に黙っているのは、卑怯《ひきょう》な気がしてきた。

おにぎりを口にする。飲み込んでひと呼吸置くと、登磨は重たい口を開いた。

「あのさ、小学校の五年生の時なんだけど。西野が転校してきて、すぐに遠足があったんだ」

登磨は、自作の弁当を彼に食べさせた。

「自慢したかったんだと思う。差し出した弁当のおかずを西野は、慎重《しんちょう》に選んで卵焼きをつまんだ。で、倒れた。ひどく吐いて呼吸がおかしくなって顔が真っ赤になって」

担任は素早かった。西野のリュックを逆さに振って中身をぶちまけ、そこから太い注射器のようなものを拾い上げると、太ももに突き立てた。

「後で知ったんだけど、西野は牛乳アレルギーを持ってたんだよ。オレは卵焼きに牛乳をほんのちょっと入れてたんだ。ふわふわになってコクが出るから。あいつにしてみれば、そんなもんが卵焼きに入ってるなんて思ってもみなかったんだろう」

人間が、あんなに苦しむのを見て、登磨は心臓に冷や汗をかいた。

「だから、西野が困ってるなら助けたいと思った」

登磨は自嘲《じちょう》の笑みを浮かべる。

「てか、それだけじゃないんだ。罪悪感だよ。なんといっても、殺してたかもしれないんだもんな。改めて、西野が死ななくてよかったと思う」

当時は、親とともに西野の家に謝りに行った。彼の両親は登磨を責めることはなかった。それどころか、これからも息子と仲良くしてやってくれと頼まれた。

その言葉は、登磨を縛った。

その日から、西野のいうことを聞き入れるようになった。

だが、それは長くは続かなかった。

登磨に着々と友だちができ始めると、西野は自ら離れていったのだ。理由はおそらく、登磨の友人の中に、彼のことを良く思わない連中がいるのを知ったからだろう。

登磨は正直、ほっとした。

とはいえ、当時の安堵《あんど》は表層的で、気持ちの底には常に、自分がしてしまったことへの罪悪感があり、それは長い時がたった今でも、思いがけないタイミングで蘇《よみがえ》ることがあった。

――すっかり打ち明けた登磨は、顔をこすって、手のひらに大きなため息をついた。

「なんだろ、話したら、縛りからようやく解放された気分。息をするって、こんなに楽だったっけって驚くレベル」

出来事だけなら周りも知っていた。だが、不安や焦りや悔恨《かいこん》といった腹の中のことまでは誰にも話したことはない。

美玖は、登磨の代わりのように晴れやかな笑みを浮かべた。

「それはよかったです。辛いことをずっと秘《ひ》めておくと、喉をふさいじゃいます。鼻歌も出なくなって当然です。思いっきり深呼吸しましょう。それでまた、鼻歌、歌ってください」

意図せず、登磨から力の抜けた笑みがこぼれる。

「考えてみればオレ、二度も料理で失敗してんだもんな。一度目はその弁当事件、二度目は東京のレストランでの誤魔化し事件。なのに今もこうして料理を作ってる」

「好きなんですもんね。登山口に来たあたしに最初にかけてくれた言葉を覚えてますか？いきなり『ご飯食べた？』でしたよ」

美玖は膝を引き上げて抱え込み、くくく、と笑う。

「そんなこといったんだ、オレ。その時の美玖ちゃんの感想ならしっかり覚えてるけど、そのほかのことはぼんやりしてるんだよなあ」

美玖は、ゴッと音が聞こえるほど勢いよく膝に突っ伏した。

「てんちょー、そりゃないですよぉ。あたしたちが初めて会った場面ですよ。ドラマでいったらクライマックスに次ぐ重要なシーンじゃないですか」

「初めてじゃないよ。再会だよ」

単に訂正しただけだが、美玖はどういう訳かパッと顔を上げて、会心の笑みを浮かべた。

「それです、再っ会ってです」

「お、真っ赤になってる」

美玖が頰を両手で包む。

「そりゃそうですよ、だって店長が思いがけず『運命の再会』なんていうもんですから」

登磨が顔を覗き込むと、美玖は目を閉じた。

「頭痛くない？」

美玖の目がパチッと開く。

「はい？」

「額が二か所赤くなってる。多分これ、膝の跡だよ。瓦《かわら》でも割ってやろうかってくらい思い切り頭突《ずつ》きしたもんなあ。頭大丈夫？　膝は？　割れてないかい？」

「……大丈夫です、あたしの頭と膝はそんじょそこらに転がってる頭と膝と違って頑丈《がんじょう》にできてますから」

美玖は額をこすった。

「それならいいんだけど、気をつけてよ。ケガなんかされたら困る」

「大丈夫です、めったなことじゃ休みませんから」

「お店のことじゃなくて美玖ちゃんを心配してるんだよ」

「え、あたしのことですか」

美玖がびっくり顔で自身を指す。登磨は吹いた。

「そうだよ。美玖ちゃん、長い話につき合ってくれてありがとうね」

「どういたしまして。といっても、聞くだけでしたけど」

「いや、そればかりじゃなかったよ」

美玖は、工藤さんの件でもそうだったが、否定《ひてい》せずに寄り添って本人が気づくのを待っていた。それって、ばあちゃんと同じじゃないか。

そして、そういう存在が人生には必要だ。

「そうか。やっぱりオレ、好きなんだな」

「ですね」

美玖は熾火《おきび》のようなぬくもりのある穏やかな笑みで頷いた。

登磨はつい笑みをこぼす。美玖は、好きだといったのは料理のことだと思ったらしい。

「なんですか？」

美玖が、笑っている登磨に不思議そうな顔を向けた。

「いや、なんでもない」

「店長は自分の居場所をとっくにご存じで、今またそれを確認したことに、おばあちゃんもきっと『いかった、いかった』って頷いてますよ」

「うん。ばあちゃんがそういってくれてたら、ほんと嬉しい。今回のことは、自分のこれまでとこれからのことと、それから自分自身を考えるきっかけになった」

「なんだか、早苗《さなえ》ちゃんを思い出しますね。早苗ちゃんの場合は、それまで順調だったテニスで流れが急に滞《とどこお》っちゃったのがきっかけでしたが、順調じゃなくなった時、改めて自分を見つめるということはあるんでしょうね。店長、長かったですが、やっとここで、お互いがいい方向へ舵《かじ》を切って再出発していけそうですね」

お互い。オレと西野のことだ。西野との再会は転機だ。

「再出発。それじゃオレは、この店をどうしていこうか」

「お店を？」

「オレ自身も。今までは、料理にばかり集中していた。せっかくオープンキッチンにしてるのに、フロアにはさほど注意が向いてなかった」

「そんなことは……。少し前まではうまくやってました。ただちょっとだけフロアのことはお留守になってたってだけです」

「いやいや、お留守になっちゃいけないんだよ。それに、これまで問題なくやってこれたのは、美玖ちゃんたちのおかげはもちろん、新規のお客さんもいたけど、ほとんどのお客さんがばあちゃんを知っていて、その孫ってことでオレを知ってくれてたからなんだ。いってみれば、ばあちゃんの下地が利いていたから。ところがここに来て、西野のおかげで新規のお客さんが増えてきた」

そこは感謝してる心底、と述べて、

「こっからは自分の力が試される。もう、ばあちゃんが整えてくれていた下地から出る時が来たんだ」

今回ばかりは前向きな「もう」だ。

「前にさ、いわれたことがある。オレには料理が全てだって。だったら料理を味わってくれるお客さんも当然『全て』に含まなきゃ。それなら、食事をする時間も料理の『全て』に入る気がするんだ。食べてるものは自分の中に取り込まれて一緒に生きてくわけだから、食事中の雰囲気がギスギスしてたら体の中にギスギスも入ってしまうだろ。飯食った後まで、くつろいでいてほしいじゃん」

これまでは、席数を少なくして空間を広く使うことでそれを実現できていると思い込んでいた。

「今までは、単に料理しておけばいいってところがあった。去年だったと思うけど、サンドイッチミルフィーユのご婦人、覚えてる？」

美玖は視線を巡らせて、あ、と膝を打った。

「ご病気の体を押して葵岳にやって来た小さなおばあちゃん」

頂上で、息子と食べるとオーダーしたのがサンドイッチミルフィーユ。

「あのお客さん、ミルフィーユの層を人生そのものに見立ててたじゃん。いくつかの具が層を成すサンドイッチと人生が重なったって。それでいうなら、オレのサンドイッチは、具が一個なんじゃないかって」

　美玖はじっと聞き入っている。

「従業員も、食材を卸《おろ》してくれてるひとたちも、オレには『全て』だ。だから、これからは単に作るってだけじゃなく、もっとものとか、自分自身とかと関わっていくようにするよ、美玖ちゃんみたいにね」

　従業員は照れ臭そうに頬を両手で包んだ。

「広く目を配って、お客さんがくつろいで食事を楽しめる場を作って守っていきたいんだ。落ち込んだ時でも、昔を懐《なつ》かしむ時でも、自分が見えなくなった時でも、新しい方向へ踏み出そうとする時でも、飯さえ食っときゃなんとでもなると思える、そういう料理と場を提供できるレストランにしていくんだ。手伝ってくれる？」

　美玖は頷く。

「もちろんです。手伝うなっていわれたって手伝います！　お客さんがもっと楽しめるようにっていうのでしたら、料理教室とかバーベキューとか、いろいろイベントもやっていきませんか」

「ああ、いいかもね」

「で、また頂上までのお弁当配達も」

目をキラッキラさせて、今にも山頂まで駆け上りそうに小刻みに足踏みする従業員。

「ほんと、それ好きなんだなあ。うん、考えとこう」

登磨は手に持っているおにぎりを口に入れた。

冷めたご飯は、よりモチモチになって甘さが増している。そんなご飯にオリーブオイルと味噌も浸み込み、上手く馴染んでいるし、ともすれば味噌の風味を食ってしまいかねないチーズの癖はちょうどよく抑えられて、全体的に調和が取れていた。

「冷めても旨いわ。時間がたった場合の味を見込んで作った？」

だとしたら、恐ろしい。

美玖は顔の前で手を振る。

「そこまでは考えてませんでした。野性の勘ですね。なんにしても、おいしかったのでしたらよかったです。食べたくなったら遠慮なくいってくださいね。いつでも作ります」

「ありがとう。こうなるとほとんど餌づけだな」

美玖は破顔《はがん》した。

ここ最近の、胸を占めていたままならないじっとりとした窮屈さや、冷たいねずみ色の鬱屈したものが、たちどころに雲散《うんさん》霧消《むしょう》して、自分の中に新しく暖かな日が射し込んでくる。

自分が戻ってくる場所に、この子がいてほしいと思った。

だから、このレストランはちゃんとまともに営業していかなきゃいけない。

二週間後の定休日はすっきりと晴れた。勢いのある雲がひと筋ふた筋、走っている。

イスカやヒワの鳴き声が、白い葵岳によく通っていた。

真上に差しかかった太陽に暖められて、屋根から雪の塊がどどどっと滑り落ち、雪煙が舞い上がる。駐車場に停まっているのは、美玖のパールピンクの軽自動車だけ。

キッチンのコンロでは、寸胴《ずんどう》鍋を満たした黄金色のブロードがくつくつとふくよかな音を立てて沸いていた。

粗雑《そざつ》なエンジン音が近づいてくる。

雪だるまのそばに撒かれたジャコをつついていたキセキレイがパッと飛び立った。そこに、雪をものともせずクルマが滑り込む。

「ＣＬＯＳＥＤ」の札を揺らして勢いよくドアが開いた。

鍋の前に立つ登磨は扉へ顔を向けた。ジャムにするリンゴを切っていた美玖の手が止まる。

華やかな表紙の冊子を掲げて、西野が入ってきた。

「やあ」

美玖がいらっしゃいませ、と迎える。

西野はカウンターに近づきながらキッチンにいる美玖を見てあれ、という顔をした。

「定休日でしょ？　なんで従業員さんがいるの？　もしかしてふたり、つきあってるの？」

「いずれはそうなる運命ですが、今日のところは西野さんにお会いしたかったから出てきたんです」

美玖が熱のこもった鼻息を吐いて、半分に切ったリンゴを握り締める。気の毒なリンゴはスポンジのように潰れていく。登磨はボウルを下にあてがって滴《したた》る果汁を受け止めた。

昨日、この新聞記者がまた電話をよこしたのだ。何かの依頼だとピンときた登磨は、今日の定休日に、ここで話そうと告げ、鍵《かぎ》を開けて待っていた。

誰からの電話とも明かさなかったが、電話を切った直後、持ち前の野性の勘を働かせたらしい美玖が「あたしの予定、空いてます！」と顔をきりりとさせたのである。

「ぼくに会いたかったって？　それは光栄だけど、なんで？」

同級生がカウンター席に腰を下ろす。

「お店に関わることですから」

美玖がむふーっと勇ましい鼻息を吐く。

「ふうん、職場想いだこと。あ、登磨君、珈琲ね」

店を想ってくれるのはありがたいが、休んで疲れを癒《い》やしてほしい。万が一、美玖が欠けでもしたら、支障が出るのは店の運営ばかりじゃない。

登磨は寸胴鍋に軽くふたをのせると、ステンレスのポットを隣のコンロにかけて湯を沸かし始める。

「はいこれ。できあがったホテルのパンフレット」

西野がカウンターに無造作に置いた冊子は、女子が好きそうなパステルカラー。豪華なブーケに重ねて、ホテルの写真と笑顔のベルボーイ姿の登磨が表紙を飾っている。

美玖がページをめくって、跳ねるように踵を上下させた。

「わあ、これは店長の写真集ですね！」

「パンフレットだって」

「これ結婚式の引き出物にすべきです。なんなら香典《こうでん》返しにもすべきです」

「パンフレ……」

「西野さん、これ、あたしにもロットでください！」

美玖が目を輝かせて写真に釘づけになっている。美玖のテンションの上がりっぷりに、西野の目はすとんと死ぬ。

今にもかじりつくんじゃないかというほど丹念《たんねん》に見ていた美玖が、仰け反って「ふぁぁ」と息を吸い込みながら声を上げた。ゴルフの「ファー」に似てると思って登磨はつい、外へ顔を向けてしまう。西野も窓を振り返っていた。

美玖が見入りながら、首をゆるゆると横に振る。

「このフランベの写真、最高に店長です。炎の光を受ける店長、いいですね。普通にライトが当たってるお写真も相当ですが、これは桁《けた》が違います」

「火って奥行きを出すからさ。陰影《いんえい》が深まってるでしょう? おまけに炎が動くから、躍動《やくどう》感《かん》が出るわけ。登磨君がこうして背筋を伸ばして炎と堂々と対峙《たいじ》してると何かこう、神々《こうごう》しささえまとってしまうからむかつく」

滔々《とうとう》と解説をぶつ西野の前に、湯気のたゆたう珈琲を置く登磨。

「そうそう、登磨君。フランベしたホタテ、評判よかったんだって。ホテルの連中が君にシェフをやってほしいって口を揃《そろ》えてたよ」

西野が珈琲に口をつける。

「オレが作ったんだから、そりゃ旨いはずだ。ただ、会場にいたゲストたちにピッタリのソースになってたかどうかは分からないな」

「大勢に向けてのお料理だったんですから、店長がみなさんを見て決めた味なら、それが正解ですよ」

パンフレットを丁寧に置くと、美玖は引き続きリンゴを切る作業に戻った。

「登磨君は全体を俯瞰《ふかん》して見る目を持ってるし、従業員の彼女は細かなことに気づけるし、そのふたりがひとつの店にいるんだから、だったらそれってつまり、この店は完璧ってことじゃないの？」

珈琲を啜りながらの西野の言葉に、登磨と美玖は顔を見合わせた。

西野はカップを置いて「胃に来るなあ」と鳩尾《みぞおち》をさする。

「腹減ってんじゃないのか」

「そうかも。お昼にありつけてないんだ、何しろ熱心に仕事してたから。今やっと昼休憩ってところをわざわざ来てあげたんだ。何か食べさせてよ」

小憎たらしいやつからでも、料理のリクエストはどうしたって嬉しい。

登磨は予約メモが貼ってある冷蔵庫からホタテ貝を取り出す。

メモはだいぶ減った。減ったというか減らした。予約席は五十％にして、あとは常連さんを含む登山客ほか、ふらっと寄ってくれたお客さんのために空けておく。

この店を開いた当初の「ゆったりとくつろいで食事を摂れる場所」というコンセプトを忘れていたのだ。それを、今回のことは改めて認識させてくれた。

まったく、早苗にいった、テニスを始めたばかりの時の気持ちを覚えてるか、という問いかけが、自分自身に返ってくるとは。

貝殻からホタテの身を剝がして、フライパンに垂らしたオリーブオイルが熱でひだを作ったところに並べる。

チリチリと音を立ててホタテから染み出す汁が泡立《あわだ》つ。焼き色がつき始め、余分な水分が抜け、霜柱《しもばしら》のようなみっしり詰まった貝柱の繊維が浮き上がってくる。

盛りつけ、絵を描くように緑色のソースを回しかける。ソースはふきのとうのジェノベーゼ風。

爽《さわ》やかな苦味と若々しい緑の香りがするふきのとうだが、敷地の日当たりのいいところに気の早いものがちらほら出ていたのである。

西野はポイッと口に放り込むと、「で、登磨君、次はね」と手を組んで身を乗り出した。

「ごめん、悪いけどもうできない」

間髪《かんはつ》入れずに断った登磨を、西野は笑みの消えたポツンと小さい黒目で見据える。

リンゴを切っていた音が一瞬途切れる。

「できないってどういうこと？　こんなちっぽけな店をやるより簡単に儲《もう》けられたはずだ。それだけのギャラは渡してる」

登磨は、束《つか》の間《ま》西野を見つめた後、深く頭を下げた。十五年前に両親とともに西野の家を訪問して謝罪した時と同じように。

「あの件は謝る。悪かった」

頼りがいのあるがっしりした馬場健が頭をよぎった。缶詰工場の経営陣のひとりとして、金を借りる時に感情は混じらないといっていた。返す時はどうなんだろう。個人的な感情は排除していても、債権者と缶詰工場と従業員への感情はあのでかい体軀で抱えているはずだ。あれはそういう男だ。

西野はどうなんだろう。

――いや、今はそんなことどうだっていい。モデルをやったことも、最近のレストランの状況も返済だ。自分が作った借りの返済。だから、登磨は心から頭を下げた。

顔を上げると、西野は眉間《みけん》に危うい緊張を湛《たた》えて、登磨を見据えていた。レジの下から白い封筒を取り出して西野に差し出すと、彼の視線が素早く注がれる。

「なんだよ……」

「もらったギャラ。手をつけてない」

西野が勘ぐるような目で見上げてくる。

「どういうつもり?」

「どれくらい借りてんのか知らないけど、これ、返済に使えよ」

そのひと言で、西野は察したようだ。顔が強張り、小さな黒目が一層縮む。

「オレの取材は、友だち百人だの企画の名を上げるだののほかに、金が欲しくてやったんだな」

「当たり前だろ」

西野が皮肉な笑みを浮かべた。

「借金にがっちり首根っこつかまれてにっちもさっちもいかなくなってしまったんだ。焦ってた時に明智登磨を農家の親父に紹介されたってわけ。使えると思ったよ。シェフでイケメンときたら、新聞の部数は伸びるし、ぼくがプロデュースすれば、新しい食い扶持《ぶち》ができる。売り込み先はいくらでもあるからね。一石二鳥」

へえ、と登磨は眉を上げて感心する。

おちょくられたと思ったのか、西野はたちどころに顔を険《けわ》しくした。登磨の差し出す封筒をひったくると、中身を確認する。口はわずかに尖《とが》り背は丸まっていた。

この男は金の返済時、次に借りることを考えそうだと推察する。それでも、険しい表情には傷ついたプライドが見え隠れしていて、そこが再起の足がかりになるのではないかと読んだ。

「登磨君て前から思ってたけど、馬鹿だよね」

「よくいわれる」

西野は封筒を尻ポケットにねじ込んだ。

「君の顔が稼いだものなのに、他人にやってしまうなんて。余裕があって羨《うらや》ましいよ」

「顔で稼いだ金を自分で稼いだものだと思えるのは、もっと年を取ってからだな。その時に需要があるかだけど。今は、自分の腕で稼いだものだけで十分だ」

「もっと欲しいと思わないのか？」

「好きなもののための金なら欲しいけど、好きなものを雑にしてまではいらないよ」

「稀《まれ》に見る馬鹿だ」

「店長は少しくらい馬鹿でもいいんです。ほかが全て天才なので！」

美玖が張り切って弁護する。西野に「おい、オーナーシェフ。従業員から流れるように馬鹿の烙印《らくいん》押されたけどいいのか」と問われたが、登磨は受け流して話を進める。

「大事なものが何かってことだ。ここはオレをオレたらしめてくれてる場所だ。オレの土台だ。美玖ちゃんは前に、ここが自分の職場だといってくれた。働く場は生きる場だ。オレだって同じだ。オレの居場所はコックスーツを着て立つここ。雑にしちゃいけない大事なものはここなんだ」

リンゴの下処理を終え、豆乳で伸ばしたクレープ生地を焼き始めた美玖の視線を感じる。

「料理ならいくらでも融通する。それが食べるひとの要望なら。だが、それ以外はお断りだ」

西野は攻撃的なため息を吐く。

「登磨君、正気？　これはビジネスチャンスなんだぞ。有名になれば、もっと店を大きくできるんだ。支店を作って、みんなに注目されて……」

「名声には興味ないんだ」

登磨は言下に退《しりぞ》けた。明日の仕込みのために、トロ箱から新たなホタテ貝を取り出した。

「君、小学校の頃、学習発表会の企画を立ち上げたことがあったろ。その時にもてはやしてくれた人間は、ずっとそうし続けてくれてるのか？」

視線を逸《そ》らす西野に、重ねていう。

「人はさほど他人に興味があるわけじゃないもんな。時間がたったり、面白い企画を上げられなくなったりすれば、離れていっただろう」

スマホを手に料理を残して去っていくお客さんたちの後ろ姿を思い出しながら、貝の固く閉ざした口にへらを突っ込む。貝が閉まってへらを噛む。手の甲に血管が浮く。めりめりとこじ開けた。

身を出す。ヒモやうろやエラを外す。エラに吸いついていた寄生虫を、包丁を寝かせてぷつっと潰した。

「えらそうに。ひとに教え諭《さと》す立場か？　君のせいでぼくは死にかけたってことを忘れるな」

西野が低い声ですごんだ。登磨は黙る。

そんな空気を気にせず、美玖がクレープ生地を勇気を持ってえいやっとひっくり返した。

「でもあなたは今生きてます。生きて、元気に新聞記者さんをやっておられます」

西野は美玖に険《けん》のある目を向ける。

登磨は西野と美玖の間にさりげなく立った。

美玖は登磨の陰で絹《きぬ》のような生地にジャムやフルーツのコンポートをのせ、生クリームの代わりに裏ごししたバターナッツカボチャを豆乳で伸ばしたクリームを塗る。生地でふんわりと包んだそれを、登磨を避けて西野に出す。そして、腰に手を当て西野を見下ろした。

「店長を友だちっていいましたよね」

西野は眉を寄せる。

美玖がふいに頬を緩めた。

「あたし、西野さんが友だちのことを書いた記事、好きですよ」

西野は目を見開いた。

「それに、西野さんが撮る店長のお写真も」

美玖がパンフレットを手に取って、ページを繰る。

フランベの写真で手を止めた。

「店長の魅力がすごく出ています。優しさも厳しさも、緊張感も。外側以上に内側を炙り出す、厚みのあるとてもいいお写真です」

美玖は次いで壁に飾っている「きらり人」の記事へ視線を配る。

登磨も見やる。雪の色をした光が、照らしている。

「オレもいいと思う」

「なんだよ自画自賛？」

「そうじゃなくて、あれの場合は湯気とか鍋の反射とか、上手く利用したなって思ったし、フランベの場合は炎の動きを見計らったかのようだし」

「そりゃ、利用できるものはなんだって使うさ。そんなの普通だよ」

「普通じゃないよ。オレはカメラはできないし、記事も書けない」

まあ、やってみればできるだろうけど、と不遜《ふそん》につけ加えながら、テーブルの上の西野の手を見る。

ひとには、その手にはまるふさわしいものがある。

早苗の手には、未来を切り開いていく力をくれる努力の結晶《けっしょう》のマメが。

馬場の手には、葵岳やこの土地のひとが育んだ命を詰めた缶が。

工藤さんの手には、冷たい雨からひとを守りどこへでも行ける自由をくれる傘が。

「西野君、オレの場所はここだ。君の場所はどこだ？　ＳＮＳか？　それともパチンコ屋か？」

西野が息を飲む。

「その手を信じろよ。リアルをカメラで切り取って、記事書いてきた手じゃんか。その手にパチンコ屋のハンドルだの、無人契約機を操作させとくなよ」

西野の寄せた眉がちりちりと震《ふる》える。視線が登磨と美玖を行き来する。そして手元のホテルのパンフレットに行き着いた。顎に梅干《うめぼ》しができた。頭を縦に振った。

「確かに、君の場所はここだな。悔しかったからあの日はいわなかったけど、撮ってる最中、実はゾッとしたんだ。ひとってのは、自分に合った場所に立った時、こんなにも凄《すご》みを出すのかって、ずっと肌が粟立《あわだ》ってたんだよ」

「これから先も、西野君が撮ったものを見たいね」

そう期待を込めると、西野は意外そうな顔をした。

「本当に？」

「ああ」

西野は鼻の穴を広げて口を歪《ゆが》めた。

「そこまで請《こ》われたんじゃ、パチンコやってたその時間、カメラの練習をしてもいいかもな。まあ、ぼく、いってもカメラは嫌いじゃないし」

カメラを取り出してホタテとクレープを撮り、そのままカメラを登磨に向けた。

「……憎たらしいけど、君、年取ったらもっといい男になるよ。ぼくだって曲がりなりにも、いろんなひとの写真撮って、話も聞いてきたからね。そういうひとだからこういう顔ができるんだっていうのは、たくさん見てきた」

見てきたのに、ぼくはちっとも学んできてなかったみたいだ、とこぼした。

ホタテのひとつにフォークを刺し、頬張る。

「甘い。この前のホタテよりいいやつ使っただろう」

「同じだよ」

そうか、変えてないのか、と西野は、今度はナイフで丁寧に切り分け、ひと切れを口に入れた。

西野と美玖が帰った後、登磨はジョギングすることにした。

自室へ上がってウォールシェルフにかけているハンガーからウィンドブレーカーを取る。

ウォールシェルフには、料理本に加えて水色のキャンパスノートが立てられた。木彫りのくまと福助人形がしっかりと支えている。

ジョギングの服装に着替えると店を出た。まだ明るい農道を町のほうへ下っていく。

路面は乾いている。路肩にチョコレート色をした雪の残滓《ざんし》があるきり。白い軽トラが路肩に寄せてあり、畑側に少し傾斜《けいしゃ》していた。道の両側はリンゴ畑だ。リンゴの枝には、古い雪が凍りついている。

揃いのナイロンジャケットを着たおじさんとおばさんが、剪定《せんてい》した枝を拾い集めていた。

最近はそれを燻製《くんせい》所や草木染《くさきぞめ》工房に卸しているらしい。

登磨に気づいたおじさんが、とーまくーん、と手を振った。

「ちはー」

足を緩め挨拶をすると、おじさんが道路端まで近づいてきた。

「登磨君とこで食べたってひとから注文受けたよ。梅田《うめだ》さんとか、田島《たしま》さんとこもよぉ、ホームページやら、ショッピングサイト経由で注文もらってるって喜んでらったで」

「お役に立てて何よりです」

今回のことは、悪い面ばかりじゃない。裏があれば、表は必ずある。

カラスが、のんびり鳴きながら飛んでいく。おじさんが帽子のつばを上げて、それを見送る。

「日が長くなってきたねえ」

登磨も顔を上げた。

三月上旬の北国の空は、桃色と水色の層に染まり、雲が穏やかに流れていく。

登磨は地を蹴って走り出した。今日は飽きるまで走って、たっぷり湯を張った熱い湯船に飛び込もう。

キセキレイが短く鳴いて、A型メニュー看板から飛び立った。

「きらり人」に載ってから、二か月たった三月中旬。

席は、八割から九割ほど埋まっている。一、二割の空白が、自分にとってはちょうどいい余裕となる。

料理だけでなく、山麓《さんろく》の雰囲気や時間の流れも味わえる程度に客数が落ち着き、常連客と新規客の割合が半々くらいになった。おかげでお客さんたちに、実直な対応ができている。

弱火にかけられた寸胴鍋がくつくつと機嫌よく煮立っている。その音の合間に登磨の鼻歌が差し挟まれる。トマト缶をムーランに入れてハンドルをぐるぐる回す。

頭の中で料理の段取りを組みながら、グランディアホテルで使っていた鉄板焼きの機材に思いを馳《は》せる。あれと同じの欲しいなあ、などと考える。ギャラ、返さなきゃよかった。

「てんちょー」

「はい？」

肩越しに振り向くと、リンゴを切っていた美玖が、親指を立てる。

「ギャラは返してよかったですよ。すぐに挽回《ばんかい》できますから！」

「え、オレしゃべってた？」

「自覚。しゃべってたよ。んっとに締まりがねえな」

カウンターの紙ナプキンを補充している瑛太が眉を寄せる。春休み中である。

「おい甥、お前、オレの血を分けてるんだから似てくるぞ。オレをよく見ておけ」

「絶望的な予言をするな。オレは登磨みたいにはならない」

ドアベルが鳴り、佐々木のじいさんが「やあ」と片手を上げて入ってきた。

「いらっしゃいませ」

「表の看板に一文が増えたんだね」

いつもの席に座って、両手をこすり合わせる。

メニュー看板には「アレルギーをお持ちの方、対応させていただきます。ご遠慮なくお申しつけください」との一文が書き加えられた。

店内を見回した佐々木のじいさんが登磨に顔を戻して「すっきりしたね」と笑顔を見せた。張り紙を取り去ったのだ。

「ええ、もう必要なくなったので」

登磨も笑みを返す。

「店内もそうだけど、登磨君もだよ」

「そうですか？」

登磨はつるりと頬をなでた。美玖がにこにこと見守っているのが視界の隅に映る。

「珈琲でいいですか？」

「うん」

三月とはいえ、まだまだ寒い。特に老人は寒がりが多い。登磨は塩をほんの少しカップに撒き、塩に合うモカを淹れた。

啜った白ひげの老人は目を見張った。

「おっ、なんだいこれ。まろやかで口当たりがいいね。不思議だなあ、ミルクとか砂糖は入ってないんだろう？ 甘ったるくないのに苦味とか酸味《さんみ》が抑えられてる。こういうの、待ってたよ。ひょっとして、美玖ちゃんの力を会得《えとく》してしまったんじゃないのかい」

「ついに、ってやつっすかね」

「まだまだ美玖さんの足元にも及びませんよ」

瑛太がサクッと否定する。

いやいや分からんよ瑛太君、と、佐々木のじいさんが、身を乗り出す。リンゴを易々《やすやす》と握り潰して、果汁を絞っている美玖に聞こえないよう登磨にささやいた。

「登磨君がその力を会得してしまったら、美玖ちゃんはどうなるんだい？　まさか……」

しなびた首をかっ切る仕草をする。登磨も身を乗り出して小声で返す。

「ご心配には及びません。そんなことしたら、彼女のファンと動物愛護協会、猟友会員《りょうゆうかいいん》に撃《う》たれます」

冗談めかしていうが、こぐまファンのひとりである佐々木のじいさんは、心からほっと息を吐いた。

そうだよねえ、瑛太君もいなくなっちゃってその上美玖ちゃんまでいなくなったら、ここ、ひとりでやってくことになるもんねえ。それは無理だもの。だからって、新しい子雇うのも大変だろうしと、独り言を繰《く》る。

瑛太は春から青森市の高校に通う。寮に入るため、もう少しすれば町を出ていく。このままの客数を維持できるのなら、その穴を埋めるスタッフが必要になるかもしれない。

「そういえば店長、あれ、いつ行きますか？」

美玖が両手の間から果汁を滴《したた》らせながら尋ねてくると、佐々木のじいさんがしわに埋もれた小さい目をキラリとさせて「おやおや、登磨君とお出かけかい？　どこへ行くんだい？」とカウンターに身を乗り出した。

「ご飯に行くんです」

「なんすかそれ」

瑛太がメガネを鋭く光らせて横から食いついてくる。

「お休みの日、店長はほかのお店に食べに行ってるんだって。それであたしも行きたいっていったら、いいよっていってくれたの」

美玖が前のめりになって、ピカピカの笑顔で説明する。

寸胴鍋から漏れる香りが変わったのを嗅ぎ取ったので、ふたを取る。鶏ガラや香味野菜がくたくたに煮え、黄金色のブロードが上がってきている。

レードルでブロードをすくいながら、薄い記憶を辿《たど》る。

いったかな。ここのところいろいろあって、ほとんど覚えてないけど。だがリンゴを素手《すで》でミリミリと絞っているのを目の当たりにして、覚えてません、といえるのはよほどの命知らずだけだ。それに、いったと美玖がいうのなら、いったんだろう。

シノワに少しずつ注ぎ入れながら、素材をできるだけ崩さないように気をつけてゆっくりと漉《こ》していく。

瑛太がメガネを上げた。

「オレも行く」

「は。お前は寮に入る準備をしなさいよ。荷物を揃えなさい」

「何ここに来てまともなこといってんだよ。普段は店を手伝いに来いっていうくせに」

「持ってかなきゃなんないものがあるでしょ。ラケットとか、くまの置物とか、思い出とか、高校生活への憧《あこが》れとか」

「オレの部屋にくまの置物はない。美玖さん、オレも行きたいです」

「うん、そだね。瑛太君も行こう。合格祝いやんなきゃ」

美玖が瑛太参加に賛成する。

すみませーん、とテーブル席から呼ばれて瑛太が向かう。

佐々木のじいさんが、今度は瑛太に気を遣って小声で、デートに子どもを連れてっていいのかい？　と美玖に確認する。

美玖は、デートは大勢のほうが楽しいんです、と独特の考えを披露して、老人を混沌《こんとん》のるつぼに叩き落とした。

「ああ楽しみ！　こんなにいいことがあるなんて、あたしってやっぱり前世で絶滅危惧種《きぐしゅ》のひとつやふたつは救ったんだと思う」

美玖は天井を仰ぎ、胸の前でリンゴを派手に握り潰しながら跳ねるように踵を弾ませる。

器を下げてきた瑛太の顔が、春の陽光のせいばかりでもなく明るい。

「珈琲ふたつ。ステーキの焼き加減を絶賛してたよ。生産者さんの連絡先もメモしてった」

その器は綺麗に空だった。

「やった！」

美玖が登磨に向かって両手を掲げる。登磨はその小さなふっくらした手にハイタッチした。

漉したブロードは豊穣《ほうじょう》を表すような澄み切った黄金色。これだけはお客さんの体調に合わせるのではなく、変わることのない『コッヘル　デル　モタキッラ』の土台でありブランドだ。

小皿にとって味を見る。思わず鼻歌が出る。

「どうだい、出汁は」

佐々木のじいさんの口ひげが上がって、目尻にチャーミングなしわが集まる。

「今日もバッチリです」

登磨は乾杯のようにレードルを掲げた。

あとがき

私は炊飯《すいはん》と目玉焼きと、レンジ加熱《かねつ》ゆで卵以外の料理を避けている。

負傷、もしくは器物を破損《はそん》せしめるからだ。

極度の不器用なのは自覚している。この間は、スイカを切ろうとしてなぜか膝を切ってしまうという神業《かみわざ》を披露《ひろう》して、家の者たち、および打ち明けた勤め先の同僚《どうりょう》に引かれた。同僚には、ここまでくると逆に器用なんじゃないかとまでいわれた。

ということで、自分を疑いだしたら人生に怖気《おじけ》づいてしまうので料理からは離れているのである。

そんな私も、過去に半年間だけ料理をする機会に直面したことがある。理由は母の入院だ。

私が夕飯を作ることになった。

記憶に蘇《よみがえ》ってくるのはシチュー。大きなホワイトチョコレートのようなルーを使った。何が起ころうとも万人が失敗しないシチューができあがるよう、企業が血道を上げて作り上げた代物、それがルーである。

失敗した。

鍋いっぱいのシチューを前に、家の者は困惑顔をした。

「茶色い……」

「臭《くさ》い……」

おっしゃる通り。私が知っているシチューは白くてミルクとバターの芳醇な香りがしていた。

「食べられる材料を使っておきながら、できあがったのは食べられないものなんて……」

家の者たちは、世の理《ことわり》に真っ向から勝負した鍋いっぱいの自称シチューに、悲しい顔を隠さなかった。

それでも勇気を奮って口をつけてくれたが、器の半分が限界であった。

家の者は挫折《ざせつ》したが、私には責任がある。食べものを——食べられないものと批判されたが——捨てるわけにいかぬ。

私は体調に支障をきたさないよう、数日に分けて食べ続けた。

ざらざらした口当たりと、どんどん薄まってよく分からなくなっていく味と、それに反比例して濃くなっていく玉ねぎ臭なのかもしくは油臭なのか何かの変化臭なのか、ともかくそれらと闘《たたか》い、自分をごまかし、時に涙し時に怒りに震えながらも日数をかけて食べきった。後に残ったのは疲労感である。

飯を食って疲労感を覚える料理を作り出してしまったことを反省し、そしてそれを励みに努力した。半年間、夕飯作りを続けることにしたのである。

家の者にとっては地獄《じごく》の始まりだ。家族には母の入院が一次災害なら、これは二次災害だといわれた。

私も含めて家の者たちは半年のうちにすっかり痩《や》せた。特に力仕事をしていた父の痩せ方は顕著《けんちょ》だった。回覧板を持ってきたご近所さんに「お父さん、あんなに痩せて。お母さんのこと心配なんだね」と気の毒がられたが、心労ではなく、飯がまずいという物理的原因で痩せたということは、私自身の名誉《めいよ》のため伏せた。

退院してきた母のほうがまだましだった。

母が復帰してからは、干物《ひもの》が水でふっくら戻るように家族は見る見る肥《こ》えた。

私の料理の腕は一向に上がらなかったが、収穫が何もなかったわけじゃない。

一つは作り手の気持ちがなんとなく分かったこと。

そしてもう一つは、一時的にでも悩みや不安から解放されたことである。

食材調達時から、食べる——災害に見舞われる——人の顔を思い浮かべて、調理中はそれに集中した。炎《ほのお》や刃物《はもの》と勝負している時に、調理以外のことを考えている余裕がなかったのである。

その経験がこの二巻に生かされた「作り手の気持ち」と「つながり」だ。

料理人は他人の飯を作る。他人の飯を作るというのは、プレッシャーになると思うのだが、この登磨《とうま》という男は飄々《ひょうひょう》としていて、そんなものは屁《へ》とも思っちゃいないだろう。おまけに相当な自信家だ。例えば、名前を呼ばれたら褒められるために呼ばれたのだとしか考えられない人間なのではないだろうか。

どういう育ち方をすればこういう人間になるんだろうと考え、やよいばあちゃんのキャラが見えてきた。このばあちゃんに育てられりゃそりゃあ、こういう性格にもなりましょうと思い、そこから登磨という料理人を追い始めた。

書けば書くほど、この店長と私は真逆の人間であることが分かってきた。私には自信なんてこれっぽっちもない。逆さに振っても出てきやしない。名前を呼ばれりゃそれは叱られるためとして、流れるように謝れる。自信がないから多くを望まない。望まないから挑戦もしない。

そんな私は十年以上前に挑戦をした。小説を書くという挑戦だ。おまけにデビューを目論《もくろ》んだ。文学の賞に応募し何度も何度も落ちるわけだが、通常の自分なら途中で投げ出していたであろうそれを、続けた。周囲の人間や環境に恵まれたこともあるし、私自身、通常ではなかったのだろう。

辞めようと思ったことはある。だがそう思ったタイミングで、辞めるのを考え直すきっかけが入るのだ。それはささやかな受賞だったり、知人の声かけだったり、目や耳に入ってきた言葉だったりした。結局のところ、本心では書き続けたかったのだ。だから何かが起こった時にそれを「考え直すきっかけ」ということにしてきたのだろう。

天才の登磨でさえ、うまくいかないことがある。挫折もして彼は料理から一時距離を置いた。完全には離れていなかったし、深層心理ではつながっていたかったそれに、再び近しくなったのは彼一人の力ではなく、そこに周囲の人が介入し、タイミングが合い、手放しかけた料理を引き戻し、続けられる環境があったからだと思う。

書いた後、どうしようもなく人は人とつながってるんだなあ、と思った。

料理も人とのつながりだ。料理は作ること。食べること。命をつなぐこと。

私たちは遥か遠い祖先《そせん》からの命を綿々とつないできた。

この物語に出てくる工藤《くどう》さんは食べないことでそのつながりを強制

的に、しかも最悪の形で断ち切ろうとしたのではないか。痩せるという目先の理由に隠されて、本人にも食を断つ真意は分かっていなかったかもしれない。

何も、そこまで極端にぶった切らなくたって、細く緩くつながりながら生き、自分が自分を動かす自由を得る方法はある。その方法が考えつかなかったら、他人の力を借りればいい。

工藤さんには、登磨や美玖《みく》が協力した。この三人の場合は、つながりといってもかなり緩く細いつながりだ。

緩く細くたっていい。ささやかなもので充分なのだ。それを、自分が生き生きと人生を歩んでいけるほうへ舵《かじ》を切るためのきっかけにしてしまえばいいのだから。

私もこれから先、いろんな所で躓《つまず》くと思うが、自分に都合よくきっかけを使っていこうと思う。

この度も出版するにあたって多くの方にお世話になった。

イラストを手掛けてくださった小池ふみさん。カバーデザインをしてくださった田中久子さん、永井亜矢子さん。編集の山本美里さん。他、たくさんの方のお力をお借りした。おかげさまで美玖や登磨たちの成長した姿をお見せすることができた。

お読みくださいまして、誠にありがとうございました。この本が、ささやかなりとも何かのきっかけになりますように。

髙森美由紀

『山のふもとのブレイクタイム』（二〇二一年九月　中央公論新社）を改題したものです。

この作品はフィクションです。実在する人物、団体等とは一切関係ありません。

中公文庫

お山《やま》の上《うえ》のレストラン 2
──青葉《あおば》の頃《ころ》　ハーブポークの休息《きゅうそく》

2024年3月25日　初版発行

著　者　髙森《たかもり》美《み》由《ゆ》紀《き》

発行者　安部 順一

発行所　中央公論新社
〒100-8152　東京都千代田区大手町1-7-1
電話　販売 03-5299-1730　編集 03-5299-1890
URL https://www.chuko.co.jp/

ＤＴＰ　平面惑星
印　刷　三晃印刷
製　本　小泉製本

Published by CHUOKORON-SHINSHA, INC.
Printed in Japan　ISBN978-4-12-207495-8 C1193

お山の上のレストラン
七歳児参りのふっくらムニエル
髙森美由紀
イラスト／小池ふみ
STORY
イケメンシェフの登磨と、へっぽこ従業員・美玖がお届けする、青森のご当地食材がじゅわっと染み入る、絶品＆感動のお料理小説！
『山の上のランチタイム』改題。
中公文庫